MoonLight Girl

달빛소녀와
소년의 눈물

달빛소녀와 소년의 눈물

청소년 판타지소설 십대들의 힐링캠프, 개발

[십대들의 힐링캠프®] 시리즈 NO.60

지은이 | 박기복
발행인 | 김경아

2023년 3월 1일 1판 1쇄 인쇄
2023년 3월 7일 1판 1쇄 발행

이 책을 만든 사람들
책임 기획 | 김경아
기획 | 김효정
북 디자인 | KHJ북디자인
표지 삽화 | 정지란
경영 지원 | 홍종남
기획 어시스턴트 | 홍정훈, 한선민, 박승아
제목 | 구산책이름연구소
책임 교정 | 주경숙
교정 | 김경미, 이홍림, 주경숙, 김윤지

이 책을 함께 만든 사람들
종이 | 제이피씨 정동수 · 정충엽
제작 및 인쇄 | 천일문화사 유재상

청소년 기획위원
정가인, 양태훈, 양재욱

펴낸곳 | 행복한나무
출판등록 | 2007년 3월 7일. 제 2007-5호
주소 | 경기도 남양주시 도농로 34, 301동 301호(다산동, 플루리움)
전화 | 02) 322-3856 팩스 | 02) 322-3857
홈페이지 | www.ihappytree.com | bit.ly/happytree2007
도서 문의(출판사 e-mail) | e21chope@daum.net
내용 문의(지은이 e-mail) | yesreading@gmail.com
※ 이 책을 읽다가 궁금한 점이 있을 때는 지은이 e-mail을 이용해 주세요.

ⓒ 박기복, 2023
ISBN 979-11-88758-61-6
"행복한나무" 도서번호 : 162

달빛소녀와 소년의 눈물

MoonLight Girl

| 박기복 지음 |

행복한나무

악몽과 요정

10년 전이지만 그 악몽은 뚜렷이 기억난다.

불을 내뿜는 호랑이가 나타났다. 호랑이는 버스를 불태우더니 내가 사는 집으로 돌진해 왔다. 호랑이가 대문을 두드렸다. 아무 생각 없이 문을 열었다가 불꽃이 일렁이는 호랑이를 보고 놀라서 옆집으로 도망쳤다. 호랑이는 곧바로 나를 쫓아왔다. 옆집에는 내 또래 여자아이가 살았다. 그 아이도 집에 혼자 있었다. 둘이 함께 문고리를 꼭 잡고 벌벌 떨었다. 호랑이가 집 주위를 돌면서 불을 뿜었다. 집이 뜨거워졌다. 숨이 막힐 듯해서 뒷문으로 도망쳤다. 작은 샘물 가운데에 우뚝 솟은 나무 위로 올라갔다. 뒤쫓아 온 호랑이가 샘물에 빠지자 호랑이를 태우던 불이 꺼졌다. 호랑이는 나무 위로 오르려고 했지만 주르륵

미끄러졌다.

　"애들아, 그 나무에는 어떻게 올라갔어?"

　호랑이가 물었다.

　"발에 참기름을 바르고 올라왔어."

　내가 거짓말을 했다.

　호랑이는 마을로 뛰어가더니 참기름을 가져왔다. 발에 참기름을
바르고 다시 나무에 오르려고 했지만 또 미끄러졌다. 그때 여자아이
가 깔깔깔 웃었다.

　"아유, 바보! 도끼로 찍으면서 올라오면 되지."

호랑이는 잔인하게 웃더니 동네에서 도끼를 챙겨와 나무를 찍으며 올라왔다. 호랑이에게 잡히면 죽을 운명이었다. 하늘을 향해 빌었다.

"하늘님, 저희를 불쌍히 여기시거든 황금밧줄을 내려주시고, 그렇지 않으면 썩은 밧줄을 내려주세요."

빌고 또 빌었다. 그러자 하늘에서 황금밧줄이 내려왔다. 나와 여자아이는 황금밧줄을 잡고 하늘로 올라갔다. 곧이어 호랑이도 하늘님에게 밧줄을 내려달라고 빌었다. 곧바로 밧줄이 내려갔고, 호랑이도 밧줄을 잡고 우리를 따라왔다. 호랑이는 핏빛 이를 드러내며 으르렁거렸다. 호랑이가 우리에게 거의 다 다가왔을 때, 호랑이가 잡고 있던 밧줄이 툭 끊어졌다. 호랑이는 깊은 어둠으로 하염없이 떨어졌다.

하늘님은 나에겐 해가 되어 낮을 돌보라 하고, 여자아이에겐 달이 되어 밤을 돌보라 했다. 나는 밝은 낮을 돌보니 즐거웠지만, 여자아이는 밤이 무섭다며 괴로워했다. 힘겨워하는 여자아이를 그대로 둘 수 없어서 차라리 내가 달이 되게 해달라고 부탁했다. 하늘님은 내 부탁을 들어주었고, 그때부터 나는 달이 되어 밤을 돌봤다.

달이 된 뒤에야 여자아이가 왜 그렇게 무서워했는지를 알 수 있었다. 밧줄에서 떨어진 호랑이가 피투성이가 된 채 울부짖으며 돌아다녔기 때문이다. 피를 내뿜으며 괴로워하는 호랑이를 밤새 지켜보는 건 너무나 고통스러웠다. 그렇다고 여자아이에게 다시 그 고통을 떠넘길 수는 없었다. 괴로움은 내가 감당해야 했다. 호랑이가 피를 흘리며 다닐수록 대지는 점점 핏빛으로 뒤덮였고, 마침내 바다마저 진홍

빛에 잠겼다.

　더는 무서움을 견디지 못하고 꿈에서 깼다. 서늘한 바람이 얼굴을
덮쳤다. 유치원 선생님이 울면서 나를 껴안았다. 나는 어찌할 바를 모
르고 멀뚱멀뚱 있는데 선생님은 하염없이 울었다. 나를 보는 어른들
이 눈물을 훔쳤다. 영문도 모른 채 나는 피눈물로 채워진 바다 위를 떠
다녔다. 할머니와 할아버지가 오신 뒤에야 교통사고로 엄마 아빠가
다 돌아가셨다는 소식을 들었다. 죽음이 뭔지 알 나이가 아니어서 나
는 울지도 못했다.

　며칠 뒤, 할머니 할아버지를 따라 시골로 갔다. 차에서 내리는데 내
또래 여자아이가 나를 반갑게 맞이했다. 꿈에서 봤던 바로 그 여자아
이였다. 신기하게도 그 아이 주변에는 수많은 나비가 날아다녔다. 입
술이 붉게 빛나는 그 아이가 손짓할 때마다 나비들은 빙글빙글 춤을
추었다. 그 아이는 그림책을 뚫고 나온 요정 같았다.

차례

등장인물 소개

허은석   부모님을 여의고 아름다운 시골마을에서 살아가는 중1 남학생. 잘생긴 외모로 가는 곳마다 관심을 받는다. 뛰어난 머리로 마을에 닥친 위기를 헤쳐 나간다.

허은율   허은석과 동갑내기 마을 친구로, 뛰어난 싸움 실력을 자랑하는 순수한 소녀. 마을 뒤편에 자리한 은율산과 이름이 같다. 나비나 산짐승 등 동물들과 소통하는 신비한 능력을 지녔다.

김종인　　지방의회 의원인 김성팔의 아들. 시골에서 온 허은석이 뛰어난 실력을 자랑하자 괜히 시비를 걸고 괴롭힌다.

진설아　　허은석을 좋아하는 여학생. 설아가 올린 SNS 때문에 은석과 은율이가 위기에 처한나.

토미리스　사냥꾼 일족을 이끄는 총가주(總家主). 정식 이름은 '토미리스 프라로코브나 오크호니카'이다. 머리카락은 보랏빛이고, 두 눈 빛깔이 다르다.

둥글이와 포실이　은석이, 은율이와 친한 야생 수달 부부.

고은별　　신성한 힘을 깨우는 「달빛의 눈」을 지닌 소녀.

황련　　현세에 다시 깨어난 고대의 신. 진짜 정체는 비밀에 싸여 있다.

01
둥글이와 포실이

　머리 위로 바람이 일었다. 은율이가 높이뛰기를 잘하는 줄은 알았지만, 내 머리를 뛰어넘어서 발차기를 할 줄은 몰랐다. 작은 돌멩이를 나한테 던지며 욕을 내뱉던 종인이가 화들짝 놀라며 피하려고 했지만 그럴 틈이 없었다. 한 발은 종인이 얼굴을, 다른 한 발은 가슴을 강타했다. 힘이 실린 공격에 종인이 몸이 부러진 나무처럼 뒤로 쭉 밀렸다가 바닥에 엎어졌다. 종인이는 신음을 흘리며 두 손으로 얼굴을 감쌌는데, 손가락 사이로 피가 줄줄 흘렀다. 종인이를 걷어찬 은율이는 왼손으로 바닥을 짚으며 몸을 빙글 돌려 똑바로 섰다. 나를 둥글게 둘러싸고 괴롭히던 무리가 매서운 공격에 겁을 집어먹고 두어 걸음씩 물러났다. 그중 두 명은 쓰러진 종인이를 살피며 괜찮냐고 물었다.

"야 씨발, 저년 죽여버려!"

옷소매로 피를 닦으며 종인이가 욕설을 내뱉었다. 욕설을 들은 놈들이 살기를 내뿜었다.

"안 다쳤어?"

그러거나 말거나 은율이는 나를 보며 걱정스럽게 물었다.

"괜찮아. 그냥 몇 대 살짝 맞았을 뿐이야."

"살짝 맞기는……. 얼굴에 멍 들었네."

은율이가 내 얼굴에 난 상처를 어루만졌다.

은율이 뒤로 슬금슬금 접근하는 녀석들이 보였다. 두 녀석이 은율이 바로 뒤까지 왔고, 다른 녀석들도 은율이를 포위하며 다가왔다.

"뒤에!"

내가 다급히 말을 꺼냄과 동시에 은율이 발이 움직였다. 오른쪽 다리를 뒤로 쭉 뻗으며 뒤차기를 하자 다가오던 녀석이 명치를 얻어맞고 꼬꾸라졌다. 그 틈을 타 바로 옆에 있던 녀석이 은율이 다리를 잡으려고 했다. 그러자 은율이는 뒤차기 하던 속도 그대로 몸을 거의 수평으로 회전해 피하더니, 회전하는 힘을 이용해 얼굴을 가격했다. 뒤차기 후 곧바로 몸을 회전해 걷어차는 놀라운 기술이었다. 얼굴을 얻어맞은 녀석은 피를 흘리며 뒤로 나가떨어졌다.

"이게 여자라고 봐주니까."

덩치가 나보다 머리 하나는 큰 녀석이 은율이에게 바짝 다가와 주먹을 마구 휘둘렀다. 은율이는 두어 걸음 물러나 주먹을 피하더니 오른발로 그 녀석 허벅지를 걷어찼다. 허벅지를 얻어맞은 녀석은 휘청하며 옆으로 몸이 기울어졌다. 은율이는 걷어찬 발을 그대로 머리 위까지 들어 올리더니 치솟은 발에 가속도를 실어 어깨를 내리찍었다. 그 녀석은 무릎을 꿇고 주저앉았다. 은율이는 무방비 상태인 그 녀석 얼굴에 매서운 주먹을 날렸다. 큰 덩치가 통나무 쓰러지듯 뒤로 무너졌다.

남은 애들은 잔뜩 겁을 집어먹고 주춤주춤 뒤로 물러났다.

"야, 쪼다 새끼들아. 여자 하난데 뭘 겁먹어! 한꺼번에 달려들어."

종인이가 피가 섞인 침을 내뱉으며 악을 썼다.

눈치 보던 녀석들이 눈으로 신호를 주고받더니 일제히 은율이에게 달려들었다. 나는 방해되지 않게 재빨리 피했다. 은율이는 왼편에서 달려들던 녀석에게 돌진하더니 슬쩍 상체를 옆으로 피하며 무릎으로 복부를 가격했다. 강한 타격음이 울리며 녀석의 상체부터 앞으로 쓰러졌다. 쓰러지는 상체를 잡고 몸을 숙인 채 빠르게 회전한 은율이는 낮은 돌려차기로 옆에서 달려들던 녀석을 걷어찼다. 정통으로 머리를 얻어맞았는지 녀석은 비명도 지르지 못하고 바닥으로 쓰러졌다.

두 명이 더 쓰러지자 나머지 세 명은 주춤주춤 뒤로 물러났다. 은율이가 종인이에게 다가갔다. 악을 바락바락 쓰던 종인이가 겁먹은 표정을 지었다. 은율이는 종인이에게 바짝 다가가서 뺨을 올려붙였다. '짝!' 소리가 크게 들렸다. 종인이는 돌처럼 굳었고, 주변에서 신음하며 괴로워하던 녀석들도 조용해졌다.

"앞으로 한 번만 더 우리 은석이 건드리면 이 정도로 안 끝내. 알았어?"

종인이가 불쌍한 표정으로 뺨을 만지며 고개를 끄덕였다.

"말로 안 해?"

"그, 그래."

종인이는 힘겹게 말을 내뱉었다.

그때 아주 뚱뚱한 녀석이 갑자기 은율이를 향해 달려들었다.

"은율아! 조심해."

내가 소리쳤지만 늦었다. 뚱뚱한 녀석은 온 체중을 실어 은율이를 덮쳤다. 은율이는 뚱뚱한 녀석에게 밀려 바닥에 쓰러졌다.

"그년 팔 하나는 부러뜨려 버려."

종인이가 다시 의기양양하게 소리 질렀다.

덩치 큰 놈이 은율이를 깔아뭉개자 멀쩡한 두 녀석이 은율이에게 달려들려고 했다. 이대로 세 명 밑에 깔리면 아무리 싸움을 잘하는 은율이라도 벗어나기 쉽지 않을 것 같았다. 어떻게든 도와주고 싶었지만 나는 싸움은 전혀 할 줄 모른다. 힘도 모자라고 키도 별로 크지 않다. 그래도 비겁하게 구경만 할 수는 없었다. 어떻게든 도와주려고 했는데 그럴 필요가 없었다. 은율이가 뚱뚱한 놈을 어깨로 살짝 밀고는 오른 손목을 붙잡았다. 그러더니 다리 사이에 팔을 잡아당겨 끼고는 몸을 빙글 돌려 꺾었다. 뚱뚱한 녀석은 괴성을 지르며 왼손으로 땅바닥을 연신 쳤다. 그러거나 말거나 은율이는 인정사정 봐주지 않고 있는 힘껏 팔을 꺾어버렸다. 뚱뚱한 녀석이 소리를 지르더니 엉엉 울었다. 바짝 다가온 두 녀석이 은율이를 짓밟으려고 했지만, 은율이는 땅바닥을 구르면서 한 녀석 발목을 잡더니 옆으로 틀어버렸다. 발목이 뒤틀린 녀석은 균형을 잃고 바로 앞에 선 녀석 쪽으로 넘어졌다. 두 녀석이 넘어진 사이에 은율이가 일어나 엉겨 붙은 녀석들에게 주먹을 퍼부었다. 머리를 감싸고 얻어맞던 녀석들은 주먹질을 더는 버티지 못하고 쓰러졌다.

무려 아홉 명이나 되는 중학교 1학년 남자들이 운동장 바닥에 나뒹굴었다. 다들 얻어맞은 데를 붙잡고 신음하거나 눈물을 흘리며 엉엉 울었다. 한편으로는 불쌍하고, 한편으로는 조금 웃겼다.

은율이는 옷에 묻은 먼지를 털고 다시 종인이에게 다가갔다.

"너 조금 전에 내 팔을 부러뜨리라고 했지?"

그러면서 은율이가 종인이 팔을 잡았다. 종인이가 부들부들 떨었다.

"잘, 잘못했어……."

종인이 눈에서 눈물이 뚝뚝 떨어졌다. 은율이는 자비심을 베풀지 않았다. 은율이는 왼손으로 종인이 팔을 쭉 잡아당기더니 팔 관절 부위를 오른손으로 잡은 다음, 엄지로 꽉 눌렀다.

"으아악!"

종인이가 비명을 지르더니 그대로 까무러쳤다.

은율이는 부러진 나무토막을 던지듯 종인이 팔을 집어 던지고는 주위를 쓱 둘러봤다.

"다시 경고하는데 우리 은석이 건들지 마. 은석이 옆에 접근하지도 마. 은석이한테 말도 걸지 마. 앞으로 한 번이라도 그러면 그때는 팔다리 하나씩 부러질 줄 알아."

은율이가 살벌하게 협박했다.

다들 울며 괴로워할 뿐 대답하지 않았다.

"대답 안 해!"

은율이가 소리를 지르자 다들 마지못해 "네, 네" 하고 대답했다.

은율이는 옷에 묻은 먼지를 마저 털더니 멀리 던져놓은 가방을 들고 왔다.

"은석아, 가자!"

은율이가 다정하게 내 손을 잡았다.

"괜히 나 때문에……."

솔직히 은율이에게 미안했다. 중학교에 온 첫날부터 종인이가 나를 못마땅하게 여기는 걸 알고 있었다. 내가 선생님과 영어로 대화하는 걸 보더니, 버스가 하루에 네 번밖에 안 들어오는 산골에서 왔다고 나를 놀려댔다. 수학 선생님이 실력을 알아보고 싶다며 낸 어려운 수학 문제를 쉽게 풀어내자, 그때부터는 대놓고 트집을 잡고 시비를 걸었다. 선생님과 영어로 대화하지도 말고, 수학 문제도 적당히 못 푸는 척했어야 했다. 괜히 실력을 있는 그대로 드러내는 바람에 잘난 척하기 좋아하는 종인이 심기를 건드리고 말았다. 그 뒤에라도 내가 잘 피하거나 종인이 기분을 풀어주면 됐을 텐데, 괜찮겠거니 방관하다가 일을 키웠다. 종인이는 점점 화가 났고, 결국 자기와 친한 무리를 데려와서 하교하려는 나를 때리는 사태까지 벌어지고 만 것이다.

"너랑 나 사이에 뭐 이 정도 갖고."

"학교 선생님들이 아시면 네가 문제아로 찍힐지도 몰라."

"여학생 한 명이랑 남학생 아홉 명이 싸웠는데, 쌤들이 여학생한테 뭐라고 하겠어?"

은율이는 조금도 기죽지 않았다.

"관장님이 알면 조금 뭐라고 하시겠지만……."

은율이가 세상에서 유일하게 눈치 보는 사람이 읍내 체육관 관장님이다. 체육관 관장님은 옛날에 격투기 선수였다는데, 크게 다친 뒤로 여차여차해서 이곳까지 흘러왔다고 한다. 은율이는 다른 학원은 전혀 안 다니면서 격투기 체육관에는 꼭 간다. 돈이 없어서 여러 번 가지는 못하고 일주일에 딱 한 번만 간다. 은율이가 체육관에 갈 때면 종종 같이 가서 구경하는데, 은율이 실력은 관장님도 놀랄 정도였다.

은율이는 어릴 때부터 유연성과 도약력이 매우 뛰어났다. 가만히 서서 한 다리를 180도로 들어 올렸고, 제자리에서 내 어깨높이 정도까지 뛰어올랐다. 나는 낑낑거리며 오르는 나무를 다람쥐처럼 타고 다녔다. 힘도 나와 견줄 수 없을 정도로 셌다. 심지어 웬만한 남자 어른들도 은율이 힘에 밀릴 정도였다. 물론 동네 남자 어른이라고 해봐야 다들 60세가 넘은 할아버지들이니 30, 40대 어른과는 견줄 수 없을지도 모른다. 그렇다고 해도 은율이 신체 능력은 대단하다. 나보다 그리 크지도 않은 몸인데 어떻게 그리 힘이 센지 모르겠다. 가끔은 말괄량이 삐삐가 현실로 태어난 게 아닌가 하는 생각이 들 때도 있다.

기운이 넘치고 왈가닥인 은율이가 힘을 아무 데나 쓰고 다니자 할아버지는 일부러 은율이를 격투기 체육관에 보냈다. 엉뚱한 곳에서 사고 치고 다니느니 운동을 제대로 배우는 게 낫다는 판단이었다. 다행히 은율이는 격투기 체육관에 가는 날을 무척 좋아했다. 타고난 신체 능력에 훈련과 기술이 덧붙으니 금방금방 실력도 늘었다. 같은 체육관에 다니는 남자 선배들보다 더 뛰어났다. 관장님이 워낙 유명해서 시내에서 배우러 오는 사람도 많았다. 한 번은 체육관에서 가장 실력이 뛰어난 대학생 남자 선배와 대결하는 장면을 본 적이 있는데, 은율이가 전혀 밀리지 않았다. 만만하게 보고 달려들던 그 선배는 나중엔 온 힘을 다해 공격했지만 은율이를 쓰러뜨리지 못했다. 그게 초등학교 6학년 여름이었다. 중학생이 되면서 은율이 실력은 더욱 향상되었고, 이제 체육관에서 은율이와 맞상대할 사람은 관장님뿐이다.

"네가 남자로 태어났으면 UFC에서 활약해도 될 재능인데⋯⋯."

관장님이 이렇게 말할 만큼 은율이는 강했다. 그런 은율이라서 평범한 중학교 1학년 남자애 아홉 명을 쓰러뜨렸어도 그리 놀랍지 않았다.

"버스 올 시간이 3분밖에 안 남았어."

은율이가 시계를 보더니 내 손을 잡았다.

우리 동네는 버스가 하루에 네 번밖에 안 다닌다. 지금 버스를 놓치면 날이 어둑해진 뒤에야 다음 버스가 올 것이다. 은율이 손에 이끌려 허겁지겁 정류장까지 뛰었다. 은율이는 느리게 뛰는 나를 답답해하면서도 적당히 속도를 맞췄다. 우리가 버스정류장에 도착하자마자 버스가 왔다.

"안녕하세요."

나와 은율이는 인사하며 버스에 올랐다.

"옷에 먼지가 많이 묻었네. 축구라도 한 거니?"

버스기사가 웃으면서 우리를 맞이했다.

"그냥 재미나게 놀았어요."

은율이는 싱글싱글 웃으며 버스카드를 댔다.

나와 은율이는 버스 뒷자리에 앉았다. 낡은 버스는 덜컹거리며 읍내를 벗어나 남쪽으로 달렸다. 아직 잎이 돋지 않은 가로수 사이를 달리는 버스는 멈추고 가기를 거듭했다. 은율이와 나는 쉼 없이 수다를 떨며 지루한 시간을 달랬다. 면사무소 앞에서 많은 사람이 버스에 올랐다. 이웃에 사는 어르신들이다. 일일이 인사드리자 어르신들도 아는 체하며 반가워했다. 마을 앞을 지날 때마다 한두 명씩 내렸고, 마지막까지 남은 승객은 우리 둘뿐이었다.

버스가 달리는 좁은 길은 개천을 따라 구불구불 이어졌다. 개천 옆으로 작은 논들이 다닥다닥 늘어서고, 산봉우리가 오르락내리락하며 버스를 따라왔다. 볼록하게 튀어나온 산자락을 돌자 멀리 은율산이 나타났다. 은율이와 우리 마을 뒷산은 이름이 같다. 은율이는 자기와 같은 이름인 은율산을 어릴 때부터 무척 좋아했다. 은율산 아래에 터를 잡은 아담한 마을, 스물한 가구밖에 안 되는 작은 마을이 바로 나와 은율이가 사는 동네다.

나는 네 살에 이곳에 왔다. 엄마 아빠가 사고로 돌아가셔서 어쩔 수 없이 할머니 할아버지와 살아야 했다. 은율이도 엄마 아빠가 없다. 엄마는 은율이를 낳으며 돌아가셨고, 아빠는 죽은 아내를 그리워하며 술로 세월을 보내다 어느 날 집을 나가더니 다시 돌아오지 않았다고 한다. 동네에는 또래가 없다. 우리가 다니던 초등학교는 은율이와 내가 졸업하는 해에 폐교되었다. 면에는 중학교가 없어서 시내와 인접한 읍내로 통학해야만 했다.

우리 마을이 버스 종점이다. 늦은 겨울이면 눈이 쌓여서 버스도 제대로 들어오지 못한다. 버스 종점에서 내리는데 한 번도 본 적 없는 고급 승용차 두 대가 보였다. 승용차 두 대를 어정쩡하게 주차해 놔서 버스를 돌리는 게 쉽지 않았다. 때가 때인지라 논밭이나 마당에 어른들이 보일 법한데 이상하게 아무도 없었다. 마을을 빠져나가는 버스 뒤꽁무니를 흘깃 보고, 나와 은율이는 정류장 옆으로 흐르는 개울을 건너 우리 집으로 갔다. 은율이는 우리 집 마루에 책가방을 던지더니 빨리 가자고 나를 재촉했다.

"교복은 갈아입어야지."

"그러니까 교복을 입지 말고, 나처럼 편하게 체육복 입고 다녀."

"그래도 학생이잖아. 교복은 정해진 복장이야."

"어휴, 이럴 때는 꼭 꼰대 같다니까."

나는 방에 들어가 옷을 갈아입고, 작은 가방을 어깨에 메고 나왔다.

"빨리빨리!"

은율이가 내 손을 잡더니 세게 끌었다.

"천천히 가."

"둥글이와 포실이가 기다린단 말이야."

"누가 보면 둥글이와 포실이 엄마인 줄 알겠네."

나는 은율이 손에 이끌려 개천을 따라 올라갔다. 개천 좌우로 펼쳐진 다랑논이 옹기종기 모여서 산으로 가는 우리를 배웅했다. 아침에 할아버지가 다랑논에서 할 일이 많다고 하던 게 떠올라 살펴봤지만, 할아버지는 보이지 않았다.

"어째 어른들이 아무도 안 보이네?"

"자꾸 딴 데 눈길 주지 말고 빨리 따라와!"

계곡을 따라 난 작은 길을 빠르게 올라가며 은율이가 재촉했다. 오래된 소나무와 참나무들이 빼곡한 숲 사이를 걸으니 맑은 공기가 기분을 상쾌하게 했다. 겨울을 뚫고 피어난 복수초와 산수유 빛깔에 내 마음도 노랗게 물들었다. 제비꽃과 청노루귀가 품은 보랏빛은 가슴을 두근거리게 했다.

"어, 저게 뭐야?"

숲에 낯선 빛깔이 보였다.

"뭐가?"

내가 손가락으로 빨간색이 칠해진 나무를 가리켰다.

"어, 그러게. 저게 뭐지? 누가 나무에 페인트를 칠했네."

가만히 다가가 살펴보니 페인트가 칠해진 나무가 세 그루 더 있었다. 페인트가 칠해진 나무들을 연결하니 사각형 모양이 나타났다.

"사각형이야. 이걸 누가 왜 했지?"

"어른들이 뭘 했나 보네. 관심 끄고 빨리 가자."

둥글이와 포실이를 빨리 만나고 싶은 은율이 마음을 알기에 나는 의구심을 내려놓고 서둘렀다. 완만하던 경사가 급해지며 큰 바위들이 즐비한 곳에 이르렀다. 바위 틈새에서 떨어지는 물이 모여 작은 옹달샘을 이룬다. 이 옹달샘을 마을 어른들은 '뿌리샘'이라고 부른다. 뿌리샘 둘레에는 오래된 구기자나무와 수선화가 빼곡하다. 봄이 되면 수선화가 뿌리샘을 노랗게 물들이고, 가을이 되면 붉은 구기자 열매가 뿌리샘을 불타게 한다. 석굴암처럼 해가 뜨는 곳을 보며 자리한 뿌리샘은 동녘 하늘에서 떠오르는 햇살을 받으면 맑고 깊은 바다라도 된 듯이 짙은 푸른빛으로 바뀐다. 뿌리샘은 색으로 자신을 치장할 줄 아는 멋쟁이다.

뿌리샘에서 맴돌던 물은 바위 사이로 빠져나가 계곡으로 흘러내린다. 마을을 가르는 개천은 이 뿌리샘에서 비롯한다. 뿌리샘이 없었다면 우리 마을 사람들은 농사짓고 살기 어려웠을 것이다. 지독한 가뭄에도 물이 마르지 않고 쉼 없이 물이 솟는 뿌리샘 덕분에, 작고 외진 마을이지만 풍성한 수확물을 거두며 배곯지 않고 산다.

"목말라. 물 마실래."

은율이가 뿌리샘에 입을 대고 물을 마셨다. 몸을 숙인 은율이 위로 붉은 나비 한 마리가 맴을 돌더니 까만 머리카락 위로 내려앉았다.

"은율아! 나비가……."

나비가 날아갈까 봐 조심스럽게 말했다.

"알아. 머리에 앉았잖아."

은율이는 물에서 입을 떼면서 느릿하게 몸을 일으켰다. 은율이는 머리 위로 손을 들며 집게손가락을 길게 뻗었다. 붉은 나비가 은율이 뜻을 알아챈 듯 머리에서 손으로 옮겨 갔다. 은율이가 말간 웃음을 머금고 나비와 눈을 맞췄다. 붉은 나비는 은율이 손이 꽃이라도 된 것처럼 가만히 머물렀다.

"나도 너랑 더 놀고 싶지만, 지금은 둥글이와 포실이를 만나러 가야 해."

은율이가 그리 말하자 붉은 나비는 마치 알아들었다는 듯 날개를 흔들더니 부드럽게 날아올랐다. 붉은 나비가 하늘로 날아오르자 어디서 나타났는지 수없이 많은 붉은 나비들이 은율이 둘레를 맴돌며 한바탕 비행했다.

참 신기한 일이지만 어릴 때부터 워낙 익숙하게 봐와서 이제는 그러려니 한다. 내가 이 마을에서 은율이를 처음 봤을 때도 은율이는 나비와 함께 있었다. 수없이 많은 나비가 은율이 주변을 날아다녀서 동화책에 나오는 요정인 줄 알았다.

은율이는 붉은 나비 떼를 향해 느릿하게 손을 저었고, 그 손놀림을 따라 나비들이 회오리를 이루며 춤을 추었다. 은율이는 경쾌하게 발을 옮기며 손을 흔들었고, 나비들도 같이 붉은 물결을 이루며 하늘거렸다. 천사가 하늘나라에서 춤을 추는 듯했다. 여러 번 보았지만 볼 때마다 황홀한 광경이었다.

'앗! 이럴 때가 아니지.'

나는 정신을 차렸다. 그대로 두었다가는 끝도 없을 듯했다.

"둥글이랑 포실이 보러 안 갈 거야?"

내가 재촉하자 은율이는 마지못해 손을 멈췄다. 나비들은 아쉬워하며 하나둘씩 숲속 곳곳에 뿌려진 꽃을 찾아 사라졌다.

뿌리샘을 병풍처럼 두른 큰 바위 사이에 좁은 틈새가 있다. 그곳으로 올라가면 잡목이 우거진 수풀이 나오고, 그 수풀 뒤로 넓은 자갈밭이 펼쳐진다. 자갈밭 뒤로 수풀에 가려진 작은 동굴이 있는데, 그곳이 우리가 가려는 목적지다.

"둥글아, 포실아!"

자갈밭에 이르자마자 은율이가 소리를 질렀다.

때맞춰 수풀이 갈라지며 귀여운 얼굴이 나타났다.

"둥글아!"

둥글이는 훌쩍 뛰어올라 은율이 품에 안겼다. 은율이는 둥글이를 부드럽게 받아서 빙그르르 한 바퀴 돌았다. 은율이 웃음소리가 바위에 부딪혀 계곡과 숲속으로 퍼져나갔다. 은율이와 둥글이는 자갈밭을 뛰어다니며 한참을 신나게 놀았다. 나는 둘이 뛰노는 모습을 흐뭇하게 지켜보다가 조심스럽게 수풀을 헤치고 동굴로 다가갔다.

"포실아!"

동굴 안 소복하게 놓인 이불 위에 누워 있던 포실이가 천천히 일어나 내게로 왔다.

"안 일어나도 되는데……."

포실이가 느릿하게 걸어와 내 볼에 자기 볼을 비볐다. 부드럽고 따뜻한 마음이 전해졌다. 나는 포실이 목덜미를 살포시 어루만졌다.

"포실아!"

은율이가 크게 포실이를 부르며 나타났다.

포실이가 움찔하더니 반갑게 은율이를 맞았다.

"야, 포실이 임신한 거 잊었어? 그렇게 크게 부르면 어떡해?"

"아, 미안!"

은율이는 조심스럽게 무릎을 꿇더니 포실이 등을 쓰다듬었다.

"언제쯤 출산할까?"

"정확한 날짜야 모르지만, 볼록한 배를 보면 얼마 남지 않은 듯해."

"가방 좀 열어봐."

가방을 열자 말린 생선 냄새가 났다. 은율이는 말린 생선을 포실이 입에 대주었다. 포실이는 반가워하며 생선을 천천히 씹어 먹었다. 내가 둥글이에게 내밀자 반색하더니 내 손에 든 생선을 낚아챘다. 둘이 맛있게 생선을 먹는 동안 우리는 가만히 기다렸다. 둥글이가 생선을 다 먹자마자 은율이가 둥글이 등을 툭 쳤다. 둘은 눈빛을 주고받더니 동시에 뛰어나갔다. 은율이 웃음이 멀어지다가 갑자기 뚝 끊겼다. 무슨 일인지 궁금해서 나가봤더니 바위 아래 빼곡한 어린나무들 사이에 은율이 옷이 보였다.

"여기서 뭐 해?"

"쉿!"

은율이가 내 팔을 잡아끌어서 몸을 바짝 낮추게 했다. 나는 영문도 모르고 은율이가 이끄는 대로 몸을 낮췄다. 은율이 옆에는 둥글이가 나란히 엎드려 있었다.

"왜 그러는데?"

"저기 봐."

은율이가 가리키는 곳을 봤다.

바위 틈새로 진한 검은빛이 보였다.

"동굴이잖아."

나는 시큰둥하게 반응했다. 은율산에 동굴은 숱하게 널려서 이렇게까지 조심스러워하며 눈여겨볼 일은 아니었다.

"잘 좀 봐. 뭐가 움직이잖아."

그리고 보니 검은빛 안에서 꿈틀거리는 움직임이 느껴졌다. 눈에 잔뜩 힘을 주고 자세히 살폈다. 작은 점이 동굴 안을 끊임없이 날아다녔다. 동굴과 날아다니는 생명체가 합쳐지며 자연스럽게 박쥐가 떠올랐다.

그때 붉은 점 하나가 동굴 밖으로 빠져나왔다가 다시 들어갔다.

"봤어?"

"응, 붉은박쥐는 처음 본다."

붉은빛이 더는 움직이지 않을 때가 돼서야 우리는 그 자리를 벗어났다.

"저 동굴에 박쥐는 안 살았는데……. 나중에 확인해 봐야겠어."

"박쥐들이 놀라면 어쩌려고."

"괜찮아. 내가 해치지 않는다는 사실을 알면 놀라지 않을 거야."

은율이는 언제나처럼 자신만만했다.

둥글이, 포실이와 친해질 때도 그랬다. 은율이는 서슴없이 다가갔고, 둥글이와 포실이는 야생동물인데도 금방 은율이와 친해졌다. 은율이에게는 숲속 친구들이 많다. 웬만한 동물들은 은율이를 두려워하지 않는다. 동물들도 순수한 은율이 마음을 알기 때문일 것이다.

우리는 노을빛이 거의 스러질 때가 돼서야 뿌리샘을 벗어났다. 날이 어둑해지긴 했지만 내려오는 데 어려움은 없었다. 어릴 때부터 숱하게 다녔던 곳이라 달빛이 없는 밤에도 아무렇지 않게 다닐 수 있다.

"배고파!"

집이 가까워지자 은율이 배에서 꼬르륵 소리가 났다.

"우리 집에서 저녁 먹고 가."

"히히, 안 그래도 그럴 작정이었어."

동네 가까이 내려왔는데 마을회관에만 불이 환하고 다른 집들은 다 어두웠다. 아무래도 어른들이 모두 마을회관에 모여 있는 듯했다. 낮부터 저녁까지 다들 모여서 무슨 일을 하는지 어림조차 되지 않았다.

개울을 따라 내려온 다음 작은 다리를 건너 집으로 향했다. 대문을 열고 막 들어가려는데 마을회관에서 시끄러운 말소리가 나더니 어른들이 정류장이 있는 공터로 몰려나왔다. 우리는 발걸음을 멈추고 공터 쪽으로 시선을 돌렸다. 낯선 사람들이 마을 어른들 사이에 얼룩처럼 끼어 있었다. 감색 양복을 입은 남자 네 명과 깔끔한 정장을 입은 여자 두 명이었다. 남자들 가운데 한 사람은 유난히 거만했다. 뒷짐을 지고 사람들을 내려다보듯이 걷다가 젊은 남자가 차 문을 열어주자 검은 승용차 뒷자석에 올라탔다. 나머지 사람들은 동네 어르신들에게 여러 번 허리를 굽혀 인사하고 자동차에 올라탔다. 어른들은 검은 승용차가 동네를 빠져나갈 때까지 공터에 무리 지어 서 있었다. 분위기가 심상치 않았다. 자동차가 사라지자 어른들은 빠르게 흩어졌다.

할아버지와 할머니가 다리를 건너 집으로 왔다. 할아버지 손에는 두툼한 종이 뭉치가, 할머니 손에는 음료수 선물꾸러미가 들려 있었다. 은율이는 밝게 인사를 했다.

"둘이 산에서 놀다가 온 모양이구나."

할아버지가 인자하게 웃으며, 은율이 인사를 반갑게 받아주었다.

"할아버지, 무슨 일이에요?"

내가 물었다.

할아버지 얼굴이 어두워지더니 손에 든 종이 뭉치를 내게 건넸다.

화려한 색깔과 번쩍이는 글씨가 범벅된 종이 뭉치를 집어 드니, 산을 내리누르며 높이 솟은 건물이 가장 먼저 눈에 띄었다. 건물을 중심으로 왼쪽에는 놀이공원, 오른쪽에는 생태체험장이 드넓게 펼쳐진 그림이었다. 지도 아래에 자리한 시골마을은 초라하기 그지없었다. 조감도 위에는 '은율 생태 관광단지'라는 큰 글씨가 금빛으로 빛났다.

"할아버지, 설마 이건?"

할아버지가 고개를 끄덕였다.

"그 사람들이 마을 뒤편에 관광단지를 만든다고 하는구나. 숲과 밭을 모조리 밀어버리고."

02
벼랑 위에 선 천국

"야, 촌놈! 좋겠다. 떼돈 벌어서."

나가려고 가방을 챙기는데 종인이가 부러운 건지 놀리는 건지 헷갈리는 말투로 툭 내뱉었다. 어디서 누구에게 들었는지 모르지만, 우리 마을이 대규모로 개발된다는 소식을 접한 모양이다.

"그럴 일 없어."

대꾸하지 말았어야 했다. 종인이 같은 부류와는 말을 안 섞는 게 낫다.

"뭐야? 그런 촌구석에 살면서 팔아먹을 땅도 없는 거야?

건방짐과 비웃음이 썩은 생선 같았다. 은율이라면 그냥 넘어가지 않았겠지만 나는 차분히 대꾸했다.

"그런 뜻이 아니야. 우리 동네 어른들은 아무도 관광단지를 반기지 않아."

나는 '반대'라는 낱말을 쓰려다 자신이 없어서 '반기다'로 바꿨다. 솔직히 동네 사람들 모두가 관광단지를 반대한다고 확신할 수는 없다. 인터넷으로 알아본 사례들은 어둡기만 했다. 시골마을에 대규모 개발 사업이 들어오면 처음에는 반대하다가 꼭 변심해서 업자 편에 서는 주민이 생긴다고 했다. 변심한 주민과 초심을 유지한 주민 사이에 갈등이 심해지면서 화목했던 마을 공동체는 파괴되고, 결국 개발 사업도 막지 못한다는 얘기도 있었다. 극소수 예외가 있긴 했지만, 그건 운 좋은 마을만 누리는 행운이었다. 우리 마을이 그런 행운을 누린다는 보장은 없었다.

"어이구, 그러셔? 나랑 내기할까?"

나는 못 들은 척하며 가방을 어깨에 멨다.

"돈 싫다는 놈 있으면 나와 보라고 해."

나는 종인이 옆을 지나서 문으로 향했다.

"딱 보니 땅 좀 있나 보네. 좋겠다! 그 돈 받아서 촌구석에 처박혀 살지 말고 나와. 너처럼 머리 좋은 새끼가 그런 데 처박혀서 재능 낭비하지 말고."

저게 나를 놀리는 말일까, 추켜세우는 말일까? 나는 종인이를 무시하고 잰걸음으로 교실을 빠져나왔다.

내가 아는 한 할아버지는 땅을 팔 분이 아니다. 소출도 별로고 온통

돌뿐이지만 할아버지는 밭을 소중하게 여긴다. 조감도대로 된다면 할아버지 밭은 주차장 자리다. 그 넓은 밭이 모조리 주차장이 된다니 생각만 해도 아찔했다. 할아버지가 그 땅을 끝까지 안 팔면 관광단지를 막을 수 있을까? 아마 안 될 것이다. 수천억 원을 투자하는 계획을 세운 개발업자들이 주차장 땅을 못 구했다고 사업을 포기할 리 없다. 할아버지가 끝까지 반대한다면 그들은 다른 방법을 찾아낼 것이다.

나는 은율이가 있는 곳으로 갔다. 은율이는 방과후교실로 연극반을 선택했다. 다른 요일은 집으로 가는 버스 시간 때문에 안 되지만, 연극반이 모이는 수요일에는 여유가 있어서 참여가 가능했다. 연극이나 연기에 아무 관심이 없던 은율이가 왜 갑자기 연극반에 들어갔는지는 잘 모르겠다. 은율이한테 물어봤지만 자기도 잘 모르겠다고 했다. 연극반 모집 공고를 보고 갑자기 끌려서 그냥 하겠다는 마음이 들었다고 한다.

연극반이 모인 교실은 떠들썩했다. 크게 내지른 소리가 유리창을 통과해 복도를 메아리쳤다. 마지막으로 스타카토로 끊으며 발성을 내뱉더니 손뼉을 치며 모두가 환호성을 질렀다. 머리를 채웠던 잡념이 건강한 웃음에 조금은 씻어지는 것 같았다.

문이 열리고 연극반원들이 쏟아져 나왔다. 지나가는 반원들과 눈을 마주치지 않으려고 딴 데로 눈길을 돌렸다.

"네 짝 기다려?"

같은 반 설아였다. 나는 아무런 반응도 하지 않았다.

"넌, 왜 이렇게 잘생겼어?"

나는 한 걸음 뒤로 물러났다.

설아는 눈을 크게 뜨고 바짝 다가왔다.

"은율이만 아니면 너한테 고백할 텐데."

"은율이랑 그, 그런 사이 아니야."

"정말? 그럼 너한테 고백해도 돼?"

설아 눈이 기쁨으로 반짝거렸다.

"난, 연애할…… 생각 없어."

호흡이 가빠졌다.

"아무튼, 나한테 가능성은 있는 거지?"

나는 입을 꾹 다물고 아무런 대꾸도 하지 않았다.

"당황하니까 더 귀엽네."

설아 얼굴이 한 뼘 거리까지 가까워졌다. 나는 얼른 고개를 돌렸다.

"히히, 귀여워."

설아는 내 손을 살며시 건드리고는 재빨리 뛰어갔다.

한참을 기다려도 은율이가 나오지 않아서 교실 안으로 들어갔다. 은율이는 연극반 선생님과 진지하게 대화를 나누고 있었다. 나를 보고서야 선생님이 대화를 마무리했다. 은율이는 연신 싱글벙글 환한 얼굴빛이었다.

"즐거워 보이네."

"선생님이 나한테 재능이 있대."

은율이에게서 피어난 기쁨이 나비처럼 주위를 날아다녔다.

"정말?"

"그럼! 특히 몸을 잘 쓴대."

"하긴, 너처럼 몸을 잘 쓰는 사람은 없지."

"싸움 말고. 연극에 필요한 몸놀림을 참 잘한다고 하셨어."

곰곰이 생각해 보니 은율이가 연극을 잘하는 까닭을 알 듯했다. 은율이는 어릴 때부터 동물과 어울리며 보냈다. 야생동물들도 은율이와 쉽게 가까워졌는데, 동물들과 어울릴 때 은율이는 온갖 연극을 했다. 역할을 나누고, 상황을 만들어서 놀았다. 둥글이와 놀 때도 마찬가지였다. 신기하게도 동물들은 은율이가 의도하는 역할놀이에 제법 적절하게 따랐다. 운동신경이 탁월한 데다 온갖 역할놀이가 쌓이면서 연기 재능이 자란 모양이다.

은율이가 기뻐하니 나도 기뻤다. 은율이 기쁨은 내 기쁨이고, 내 기쁨은 은율이 기쁨이니까……. 그러나 잡념과 걱정이 마냥 기뻐하지 못하게 방해했다. 솔직히 나는 우리 마을을 은율이만큼 사랑하진 않는다. 나도 둥글이와 포실이가 좋고 우리 마을 환경이 마음에 든다. 그렇지만 내가 좋아하는 정도는 은율이에 견주면 뿌리샘에 핀 꽃 한 송이만도 못하다. 은율이와 우리 마을은 둘이 아니라 하나다. 은율이에게 우리 마을은 천국이다. 그런 은율이 세상이 대규모 개발로 인해 무너질 위기에 처했다.

내 능력으로 막을 수만 있다면 무슨 수를 써서라도 막고 싶다. 어른들은 그냥 반대만 하면 되는 줄 아는데 법과 제도, 과거 사례를 공부하면 할수록 막는 것이 불가능하다는 걸 깨달았다. 천국은 파괴될 것이고, 은율이가 누리던 세상은 사라질 것이다. 은율이 미래를 떠올릴 때마다 강풍이 부는 날에 높다란 벼랑 꼭대기에 선 기분이 든다. 벼랑 밑에는 끝을 알 수 없는 나락이 검붉은 혓바닥을 날름거린다. 깊은 절망이 나를 집어삼킨다.

"너 무슨 걱정 있지?"

은율이는 내 속마음을 귀신처럼 알아낸다. 물론 나도 그렇다.

"혹시 종인이가 또 괴롭혔어?"

은율이가 발끈했다.

"아, 아니야. 그냥 걔가 돈 많이 벌어서 좋겠다고 부러운 듯이 말해서……."

"돈을 벌다니 그게 무슨 말이야?"

"관광단지가 개발되면 우리 마을이 돈을 많이 번다고 생각하나 봐."

"걔가 그걸 어떻게 알아?"

"그건 모르겠고. 종인이는 우리가 땅을 팔아서 돈을 많이 벌 거라면서 부러워했어."

"하하하, 걔 바보 아니야?"

은율이가 허리를 붙잡고 웃었다.

"동네 어른들이 다 반대한다고 말 안 해줬어?"

"해줬지."

"바보가 어디서 주워듣고 내뱉는 헛소리니까 무시해."

미래를 가장 어둡게 보는 사람이 나라면, 가장 밝게 보는 사람은 은율이었다.

버스정류장에 도착하자마자 버스가 왔다. 비슷한 인사말이 오가고, 똑같은 길을 따라 버스는 은율산에 포근하게 안긴 우리 마을로 나와 은율이를 데려다주었다. 버스가 은율산 끝자락을 돌아 사라지는 모습을 확인하고서, 언제나처럼 나와 은율이는 정류장 옆 개울을 건너 우리 집으로 들어갔다. 은율이는 우리 집 마루에 책가방을 던지더니 빨리 가자고 재촉했다. 나는 편한 옷으로 갈아입고, 냉장고에서 우유와 미꾸라지를 챙겼다. 포실이가 새끼를 낳았다고 했더니 할아버지가 특별히 잡아준 미꾸라지였다.

"얼른, 빨리빨리!"

은율이가 내 손을 잡더니 세게 끌었다.

"미꾸라지가 빠져나가면 안 돼. 천천히 가."

"오늘 아가들 이름을 처음으로 불러주기로 했잖아. 아가들이 자기 이름이 불리기를 두 손 모아 기다린단 말이야."

"네가 지은 이름을 둥글이와 포실이도 좋아할까?"

"당연하지! 누가 지었는데."

우리는 개울가로 난 길을 따라 숲으로 올라갔다. 날이 따뜻해지니 노랑과 하양을 머금은 꽃들이 점점 늘었다. 꽃술에 입을 대고 꿀을 마시던 붉은 나비들이 은율이를 보고는 하나둘씩 모여들었다. 은율이는 붉은 나비들과 수다를 떨며 발걸음을 재촉했다.

"어! 저기, 페인트를 칠한 곳이 늘었어."

사각형으로 구획을 나누어 빨간 페인트를 칠한 곳이 여러 곳 눈에 뜨였다. 그런데 이상하게도 숲이 울창한 곳이 아니라 나무들이 별로 없는 곳들이 대부분이었다.

'혹시 저게 관광단지와 무슨 관련이 있는 걸까?'

아무래도 무관해 보이지 않았다. 동네 어른들이 빨간 페인트를 나무에 칠할 까닭이 없었다. 더구나 사각형이 만들어내는 면적이 다 엇비슷했다.

"도대체 저게 뭘까?"

나는 심각한데 은율이는 아가들에게 가고 싶은 마음에 내 말을 제대로 듣지 않았다.

"빨리빨리! 빨리 아가들을 봐야지."

평소에도 은율이를 따라가기가 쉽지 않은데 빨간 페인트에 눈을 두다 보니 뒤로 처졌다. 그래도 페인트가 칠해진 곳을 눈여겨보며 머릿속으로 그 위치와 특징을 기억했다.

여느 때 같으면 뿌리샘 물을 마시고 붉은 나비들과 한바탕 어울렸을 은율이가 아가들이 빨리 보고 싶다며 곧바로 동굴로 올라갔다. 함께 놀지 못한 나비들이 짙게 아쉬워하며 한동안 뿌리샘 주위를 맴돌았다.

"둥글아, 포실아! 우리 왔어."

은율이가 조심스럽게 부르자 둥글이가 여느 때와 달리 얌전하게 걸어 나왔다. 아빠가 되어서인지 진중함과 무게감이 느껴지는 걸음걸이였다. 은율이는 둥글이를 꼭 껴안고 쓰다듬더니 수풀 사이로 조심스럽게 들어섰다. 나도 아가들이 놀라지 않게 조심하면서 뒤를 따랐다.

"아, 예뻐."

은율이가 포실이 품에서 꼼지락거리는 아가들을 사랑스럽게 바라봤다. 귀엽고 예쁜 아가들이 조금씩 움직일 때마다 내 가슴도 콩닥거리고 따스한 기운이 올라왔다.

"포실아, 이거 먹어."

은율이는 내게서 미꾸라지가 든 통을 넘겨받아 포실이 앞에 놓았다.

"접시도 챙겨왔지?"

나는 가방에서 접시를 꺼냈다.

은율이는 접시에 우유를 따라서 아가들 근처에 놓았다. 둥글이가 아가들에게 다가가더니 앞발로 부드럽게 아가들을 밀어서 접시로 가게 했다. 아가들은 쿵쿵 냄새를 맡고는 분홍빛 혀를 내밀어 할짝할짝 우유를 먹었다.

"오, 귀여워."

포실이는 아가들이 우유를 먹는 걸 본 뒤에야 미꾸라지에 입을 댔다. 둥글이는 파수꾼처럼 꿈쩍 않고 서서 아내와 아가들이 먹는 걸 지켜봤다. 아가들과 포실이가 배불리 먹고 난 뒤에야 둥글이는 남은 미꾸라지에 입을 댔다. 듬직하고 책임감 강한 아빠였다. 둥글이가 미꾸라지를 다 먹을 때까지 기다렸다가 은율이가 입을 열었다.

"오늘 내가 이름을 지어온다고 약속했지? 그래서 지었어. 우리 첫째 이름은 아롱이, 둘째 이름은 다롱이."

그러면서 은율이는 둥글이, 포실이와 눈빛을 주고받았다. 둥글이와 포실이는 기분 좋은 듯 맑게 웃었다. 마치 새끼들 이름을 알아들었다는 듯이.

아가들 곁에는 오래 머물지 않는 것이 좋다. 은율이도 그걸 알았다. 아가들은 엄마 품에서 편히 쉬어야 한다. 산에서 내려오는 내내 은율이는 콧노래를 불렀다.

집에 다 왔는데 시끄럽게 다투는 소리가 들렸다. 좀처럼 큰소리 내는 법이 없는 할아버지가 화가 잔뜩 난 듯했다. 할아버지에게 대들 듯이 고함치는 사람은 마을 이장님이었다.

"안 팔고 버티면 돈을 더 받을 줄 알아? 욕심 없는 척하면서 뒤로 호박씨나 까고."

"뭐가 어째? 뒤로 호박씨? 이장이나 뒤로 호박씨 까지 마."

"동네가 발전하는 데 훼방이나 놓고 말이야."

"발전? 훼방? 뭐가 발전인데? 이장이야말로 동네 망치는 짓 하지 마."

"누가 동네를 망쳐? 보자 보자 하니까 못 하는 말이 없네."

욕만 안 할 뿐 두 분은 원수처럼 싸웠다.

"이장 할아버지, 지금 관광단지 찬성하시는 거예요?"

갑자기 은율이가 끼어들었다.

이장님 이마에 주름이 강하게 잡혔다.

"어른들 말씀하시는데 버릇없이!"

이장님이 은율이를 나무랐다.

"어떻게 찬성하실 수 있어요? 그게 말이 돼요?"

은율이는 피하지 않고 대들었다. 은율이다운 대꾸였다.

"어린 계집애를 아무렇게나 다니게 내버려 두니……. 쯧쯧!"

"말 돌리지 마세요. 혹시 그 사람들한테 몰래 돈 받으셨어요?"

이장님 얼굴이 벌겋게 달아올랐다.

"뭐? 아니, 어린 게 어디서 말을 함부로……."

정곡을 찔렸을 때 나오는 과민 반응이었다.

돈을 받고 마을 사람들을 배신한 사례는 인터넷에서 숱하게 접했는데, 그 일이 우리 마을에서도 벌어지는 모양이다. 절망은 예상보다 빨리 찾아왔다.

"이장님, 돈 받았죠? 어떻게 돈을 받고 마을을 팔아넘겨요? 어떻게 그럴 수 있어요?"

만약 이장님이 우리 또래였다면 은율이는 주먹이나 발을 날렸을 것이다. 그만큼 은율이는 머리끝까지 화가 났다. 물론 내색하지는 않았지만 나 역시 화가 났다.

"이 계집애가……."

이장님이 손찌검이라도 할 듯이 손을 들었다. 은율이도 주먹을 쥐었다. 날아오면 받아칠 기세였다. 이장님은 은율이가 얼마나 힘이 세고 싸움을 잘하는지 안다. 이장님은 눈살을 찌푸리더니 들었던 손을 내렸다.

"하여튼 어린 게 버르장머리 없이……."

이장님 입술 끝이 씰룩거렸다.

"은율이 말, 틀린 거 하나도 없네."

할아버지가 은율이를 돕고 나섰다.

"이장, 내 도장 내놓게."

"도장이라니?"

이장님이 당황했다.

"내 도장, 마을 일 편하게 하라고 맡겨두었잖아. 이제 보니 이장이나 몰래 동의서에 도장을 찍을 수도 있겠어. 만약 이미 그랬다면 내가 고발해 버릴 걸세. 어쨌든 빨리 내놓게."

"지금 내가 범죄자라고 의심하는 거야?"

"누가 범죄자랬나? 만약이란 말 못 들었어? 빨리 도장이나 가지고 와. 당장 안 가져오면 내가 가서 가져오지."

"정말 보자 보자 하니까……."

이장님은 씩씩거리며 어찌할 바를 몰랐다.

"우리 할머니 도장도 내놓으세요."

은율이 말에 이장님은 입술을 깨물었다.

"만약에 동네 사람들 동의 없이 도장을 함부로 찍었다가는 내가 가만두지 않을 테니 그리 알게."

이장님은 몸을 홱 돌려서 대문을 빠져나갔다. 은율이는 손을 허리에 올린 채 마을회관으로 가는 이장님에게서 눈을 떼지 않았다. 이장님은 잠시 뒤 도장을 들고나오더니 쓰레기를 버리듯이 던져주고는 투덜거리면서 사라졌다.

은율이는 우리 집에서 저녁을 먹었다. 할아버지는 연신 은율이를 칭찬했다. 은율이는 들떠서 자기가 마치 관광단지 개발을 막은 영웅이라도 된 것처럼 으스댔다. 은율이가 돌아간 후 나는 할아버지에게서 걱정스러운 말을 들었다. 관광단지를 이루는 중심부 산과 밭이 거의 다 팔렸다는 것이다. 팔린 땅은 대부분 도시로 나간 자식들이나 이미 마을을 떠난 사람들 소유였는데, 비싼 값을 부르는 개발업자들 말을 듣고 모조리 팔아넘긴 것이다. 자신들이 태어난 곳이고 선조들이 살던 고향인데, 고향 어른들에게 묻지도 않고 팔아버리다니 돈밖에 모르는 못된 사람들이었다. 관광단지에 속하는 땅 중 남은 건 우리 할아버지와 송미순 할머니 밭뿐이었다. 미순 할머니는 고집이 세고 땅에 대한 애정이 많아서 팔 분이 아니다. 당연히 할아버지도 팔 분이 아니다. 물론 두 분이 끝까지 팔지 않는다고 해도 개발을 막을 수 있다는 보장은 없었다.

저녁에 책상에 앉아 공부하는데 자꾸 딴생각이 났다. 잡생각을 몰아내기가 힘들어서 집중할 때까지 꽤 오랜 시간이 걸렸다. 할아버지가 뉴스를 들으려는지 TV 켜는 소리가 들렸다. 그와 동시에 누가 문을 두드렸다. 방해받지 않으려고 이어폰을 귀에 끼었다. 한창 공부하는데 이어폰에서 나오는 음악 소리를 뚫고, 할아버지가 크게 나무라는 소리가 들렸다. 이어폰을 뺐다.

"몇 번을 말씀드려요. 이미 확보한 토지로 시청에 관광단지 지정 신청이 들어갔고, 곧 허가가 날 거라니까요. 그대로 추진되면 어르신 밭은 주차장으로도 못 씁니다. 그때는 농사도 못 지으세요. 지금 넘기면 보상도 제대로 받을 수 있고, 저희도 원래 계획대로 주차장을 설치할 수 있으니 서로서로 좋지 않습니까?"

"동네 사람들이 다 반대하는데 어디서 시장이 마음대로 허가를 내줘? 얻다 대고 거짓말이야?"

"설명회 때 말씀드렸잖아요. 관광단지 지정단계를 거쳐 조성계획 승인단계로 간다고. 이제 곧 관광단지 지정단계가 마무리됩니다. 관광단지로 지정만 되면 그다음 조성계획 승인은 일사천리예요. 어르신이 밭을 안 파셔도 저희는 사업을 추진하는 데 아무런 지장이 없습니다. 이렇게 고집부리신다고 막을 수 있는 게 아니에요."

"아무튼 안 돼! 그 밭이 어떤 밭인데 주차장 따위로……."

할아버지는 차마 더는 말을 잇지 못했다. 나는 자리에서 일어나 문에 바짝 다가갔다.

"나는 내 땅을 절대 버리지 않아. 그리고 그렇게 큰 관광단지가 들어서면 다른 건 몰라도 농사를 어떻게 지어? 산에서 나오는 물을 모조리 관광단지에서 써버릴 텐데."

"그건 걱정하지 마세요. 저희가 다 조사했습니다. 아무 문제 없다는 결론이 났습니다."

"지하수도 모자랄 테고."

"그것도 다 조사했습니다. 농사짓고 싶으시면 앞으로도 계속 지으세요. 저희 관광단지 비전이 뭔지 아세요? 환경체험, 환경보존, 환경교육, 환경테마공원, 환경놀이공원입니다. 모든 게 다 환경이에요. 그런 점에서 농사를 짓는 풍경도 환경교육에 아주 좋은 소재가 될 겁니다."

"허, 거참."

더는 참기 힘들었다. 감언이설로 농사밖에 모르는 시골 어른들을 속이는 꼴을 더는 내버려 둘 수 없었다.

나는 벌컥 문을 열고 거실로 나갔다. 깔끔한 정장을 입은 남자와 여자가 다소곳한 자세로 할아버지 앞에 앉아 있었다. 마을에서 여러 차례 마주쳤던 사람들이었다. 아직은 이장님을 제외하고는 다들 개발에 반대하지만, 저들이 흘리는 감언이설에 몇몇은 마음을 바꾸게 될지도 모른다. 저런 거짓말에 마을 사람들이 순진하게 속아 넘어가는 꼴을 두고 보기는 싫었다.

"제가 한 가지 여쭤봐도 될까요?"

나는 예의를 갖춰 물었다.

"어, 이 마을 천재 허은석 학생, 그래요. 얼마든지 물어봐요."

남자는 내 질문을 밝은 웃음으로 반겼다.

"1일 지하수 사용량과 이용 가능한 지하수 개발량이 어떻게 되죠?"

예상치 못한 질문에 남자가 당황했다. 남자는 옆에 앉은 여자를 힐끗 보았다. 여자도 내 질문에 정확히 답변할 지식은 없는 듯했다.

"농사지을 지하수 사용량은 적절하다고 나왔으니 걱정 안 해도 돼요."

남자는 억지웃음을 지었다.

"계속 괜찮다고 하시는데 그건 주장일 뿐 근거가 없잖아요. 그렇게 장담하시는 근거를 설명해 주세요."

"그건 굉장히 전문 분야예요. 다 전문가들이 조사해서 결론을 내렸으니까 걱정 안 해도 돼요. 시에서도 심사해서 문제없다고 결론이 났어요."

"그럴 리 없어요."

"어허, 어린 학생이 뭘 안다고⋯⋯."

남자는 조금 전에는 나를 천재라고 추켜세우더니 답하기 곤란하니 나를 무시하려고 했다. 그렇다고 그쯤에서 물러날 내가 아니었다.

"지하수 개발량은 국가지하수정보센터에 가면 언제든지 볼 수 있어요. 지금 당장 컴퓨터만 켜도 확인할 수 있고요."

남자 얼굴이 일그러지고, 여자 눈이 놀랄 만큼 커졌다.

"제가 확인해 봤어요. 관광단지 예정지 유역을 설정했더니 10년 빈도 가뭄과 지하수함양량을 반영한 지하수 개발가능량이 바로 나왔어요. 그뿐 아니라 기존 이용량과 이용률, 추가 개발가능량까지도 파악할 수 있었어요. 제가 계산한 바로는 유역 면적은 1,563,258㎡, 10년 빈도 가뭄을 고려한 강우량은 826.5mm, 지하수함양률은 17.3%, 개발가능량은 일 년에 265,753톤, 현재 이용량은 35,300톤, 따라서 추가로 개발할 수 있는 양은 1년에 230,453톤, 하루로 따지면 평균 631톤이에요. 이게 최대치죠. 이걸 다 쓰면 동네에서 사용할 지하수는 없다고 봐야 해요.

나눠준 자료를 보니까 이용객을 연간 오십만 명으로 잡았던데, 그말은 하루 평균 1,369명이 이곳을 찾는다는 뜻이고, 이들이 한 사람당 0.5톤만 써도 1일 684톤을 쓰게 돼요. 이것도 순전히 이용객들이 사용하는 물 사용량만 따졌을 때 그래요. 그런데 계획하는 관광단지는 물놀이 시설과 다양한 현장체험 시설뿐 아니라 열대성 작물까지 갖춘다고 했어요. 이건 시설을 운영하는 데도 많은 물이 들어간다는 뜻이잖아요? 한 사람이 하루에 물을 0.5톤만 쓸 리도 없고요. 체험학습을 하고, 물놀이를 즐기고, 음식까지 먹으면 훨씬 많은 양을 쓸 수밖에 없어요.

자선단체인 Tourism Concern이 진행한 연구에 따르면 관광지 5성급 호텔 이용객들이 하루 사용하는 물 이용량은 3,165리터라고 해요. 설명회 자료를 보니 숙박 시설을 5성급 호텔로 지을 거라고 하더군요. 이래도 지하수에 아무 문제가 없다고 주장하실 건가요?"

나는 여유를 주지 않고 곧바로 숫자를 나열하면서 그들이 말하는 '괜찮다'에 반박했다. 두 사람은 아무 대꾸도 하지 못했다.

"우리 동네 가정은 모두 지하수를 사용해요. 농사도 식수도 모두 지하수를 써요. 상수도는 우리 동네에서 14km 밖에 있어요. 상수도가 아랫마을까지 들어온다는 소문은 있지만, 우리 마을은 아예 계획조차 없어요. 그런데도 피해가 없다고요? 괜찮다고만 하지 말고 숫자를 보여주세요. 학교에서 토론하거나 주장 글을 쓸 때 근거 없이 주장만 하면 설득력이 없다는 지적을 받아요. 그러니 주장만 하지 말고 근거를 제시하세요. 대규모로 지하수를 사용해도 괜찮다는 근거를 대보시라고요."

할아버지와 두 사람 표정이 극명하게 대비되었다.

"관광단지가 개발되면 우리 동네는 농업용수와 식수를 사용하는 데 곤란을 겪을 거예요. 관광단지는 우리와는 견줄 수 없을 만큼 관정을 깊이 파서 지하수를 모조리 끌어가 버리겠죠. 그러니 가뭄이라도 들어 지하수가 부족해지면 우리 동네 사람들만 죽어날 거예요. 인터넷을 보면 그런 사례들이 수없이 나와요. 그런데도 괜찮다고요? 도대체 그 괜찮다는 근거는 어디에 있나요?"

"그, 그건 이미 시에 제출했어……."

남자가 더듬거리며 힘들게 대답했다.

"보여주세요."

"그건 시에 가야 볼 수 있어."

"두 분이 속한 회사에서 직접 만드셨잖아요. 아무 문제가 없다면 근 거를 정직하게 제시하면 되잖아요. 그런데 그걸 왜 시에 가야만 볼 수 있죠?"

남자가 뭐라고 대답하려고 하자 여자가 옆구리를 찔렀다. 여자 입 술이 소리 없이 움직였다.

"확인해 볼 거예요. 전 동네 어른들이랑 달라요. 저는 서류를 보면 그게 무슨 의미인지 알아요."

두 사람은 벌떡 일어났다.

"어르신, 그러면 나중에 또 찾아뵙겠습니다. 잘 생각해 보세요."

두 사람은 도망치듯 빠져나갔다.

그들이 간 뒤에 할아버지는 나를 당신 무릎 가까이 앉히더니 방 금 내가 말한 내용을 자세히 설명해 달라고 했다. 초등 교육을 겨우 마 친 할아버지에게 내가 아는 지식을 정확히 전달하는 데 오랜 시간이 걸렸다.

"이거 아주 중요해 보이는구나. 어쩌면 개발을 막을 수 있을지도 몰 라. 저들은 늘 피해가 없다는 말을 입에 달고 다니는데 그게 깨지는 거 니······. 아무래도 내일 면장을 만나봐야겠다."

"저는 인터넷으로 시청에 민원을 넣을게요."

"민원이 인터넷으로도 되니?"

"아주 쉬워요. 할아버지 이름으로 할 테니 혹시 연락이 오면 꼭 통 화를 녹음하세요."

나는 바로 내 방으로 들어가 인터넷에 접속했다. 시청 누리집에 지하수 개발에 관한 민원을 넣고, 지하수 개발과 관련한 정보를 공개해 달라는 신청도 했다.

다음 날, 버스를 타고 집에 오는데 고급 승용차가 우리 버스를 졸졸 따라왔다. 버스를 앞지를 기회도 많았는데 그러지 않았다. 내가 계속 뒤를 살피니 은율이도 나중에는 알아챘다.

"우리를 따라오는 걸까?"

짐작 가는 데는 있었지만 굳이 말하지 않았다.

"우리 동네가 목적지겠지."

"또 그 개발업자들인가?"

버스가 마을 정류장에 멈추자 승용차도 버스 옆에 나란히 섰다. 승용차 앞문이 열리고 젊은 운전기사가 내렸다. 운전기사는 재빨리 뒤로 가서 차 문을 열고는 바른 자세로 기다렸다. 번쩍이는 구두를 내밀며 감청색 양복을 입은 중년 남자가 내렸다. 남자는 곧바로 우리한테, 아니 나한테 다가왔다.

"네가 은석이구나."

이 사람은 나를 따라왔다. 찾아온 까닭도 알 만했다.

"용돈 좀 줄까?"

남자는 지갑을 꺼내더니 5만 원짜리 지폐를 내밀었다.

"이유 없이 주는 돈은 안 받습니다."

나는 단호히 거절했다.

"착해서 주는 거니까 이유가 없는 건 아니야."

나는 입을 꾹 다물고 고개를 저었다. 남자는 숙였던 허리를 펴더니 주위를 의미 없이 둘러보고는 돈을 지갑에 넣었다. 지갑에는 현금이 두둑했다.

"집에 할아버지 계시지? 같이 갈까?"

어떤 일이 일어날지 예상이 돼서 나는 각오를 단단히 했다. 남자는 마당에 들어서자마자 할아버지를 불렀다. 할머니가 문을 열고 나왔다. 할머니는 남자를 보자마자 얼른 밖으로 나오더니 허리를 숙였다.

"아이고, 의원님께서 이런 누추한 곳에……."

"지역구민이 사시는 곳인데요, 뭘. 영감님은 어디 가셨습니까?"

"아, 밭에 갔는데 돌아올 시간이 됐어요."

의원이라는 남자는 마루에 앉아서 이곳저곳을 살폈고, 할머니는 급하게 안으로 들어가더니 차를 내왔다. 나는 마당에 서서 의원이라는 남자가 하는 꼴을 묵묵히 지켜봤다. 조금 뒤 할아버지가 왔고, 의원은 자리에서 일어나지도 않은 채 할아버지를 맞았다. 할아버지는 손에 든 농기구를 창고에 내려놓고 의원 앞에 걸터앉았다.

"김 의원이 여긴 웬일이야? 선거 때도 안 오더니."

"허허, 어르신 섭섭하셨군요. 그래서 제가 지금 찾아오지 않았습니까? 하하하!"

그 남자는 호탕한 척 웃었다.

"용건이 뭔가?"

"동네 사정도 알아보고, 어르신들 이야기도 듣고……."

"말 돌리지 말고 용건을 말하게."

할아버지가 다그쳤다.

"좋습니다. 바로 말씀드리죠. 어제저녁에 인터넷으로 접수한 민원, 취소하시죠."

그 남자는 그러면서 나를 노려봤다.

"우리 시장님이 이 사업에 무척 관심이 많으세요. 아시다시피 지역 경제 활성화, 관광사업 육성, 이거 우리 시장님 핵심 공약이잖아요. 괜히 민원 넣어서 일 복잡하게 만들지 말고 취소하세요."

할아버지는 고개를 먼 산으로 돌렸다.

"지하수가 괜찮은지 알려달라는 민원인데, 그게 왜 일을 복잡하게 하는지 모르겠구먼."

"좋게 좋게 하시죠. 언제까지 이렇게 낙후된 마을에서 사실 겁니까? 관광객이 무려 100만 명이에요. 100만 명! 이거 엄청난 숫잡니다. 100만 명이 오면 돈이 얼만지 아십니까? 우리 지역경제를 살릴 사업이 들어오는 거예요."

남자 얼굴에 희열이 일었다.

"얼마 전 설명회에서는 50만 명이라던데……."

할아버지가 시큰둥하게 트집을 잡았다.

"그거야 현재 상황에 맞게 잡은 거고. 100만 명은 목표예요, 목표! 목표는 높고 웅장하게 잡아야 하지 않습니까? 시에서 딱 힘 실어 주고 주민들이 협조하면 100만 명이라는 목표도 꿈이 아니라니까요."

할아버지는 또다시 고개를 돌려버렸다.

"연인원 100만 명이면 지하수 문제도 두 배 이상 심각해진다는 뜻 이네요?"

내가 끼어들었다.

"다 대책이 있으니 걱정하지 마라."

"그래서 민원을 넣었잖아요. 그 대책이 뭔지 알려달라고. 아무 문제 가 없다면 왜 없는지 밝히면 되지 왜 민원은 취소하라고 하세요?"

"네가 어려서 잘 몰라서 그러는데……."

의원이라는 남자는 자비로운 척하며 나를 무시했다.

"연 백만 명이면 하루 평균 2,739명이에요. 지하수 1일 이용가능량 이 631톤이면 한 사람이 하루에 230리터까지 사용할 수 있다는 말이 고요. 통계청 자료에 따르면 우리나라 사람들이 가정에서 사용하는 1 일 물 사용량이 200리터 정도예요. 그런데 체험학습을 하고 놀이공원 에 와서 쓰는 양이 그보다 적을까요? 아마 더 많이 씻을 테고, 시설을 관리하기 위해서도 많은 물을 쓰겠죠. 50만 명이어도 물이 부족할 지 경인데 100만 명이 목표라고요? 그래 놓고 아무 문제가 없다고요?"

그 남자가 입술을 세게 깨물더니 다시 억지웃음을 지었다.

"일단 50만 명으로 하고, 100만 명이 되면 상수도를 끌어올 거야."

"언제요?"

"내가 시장님과 가까워. 내가 나서서 해결할 거야."

"그러니까 그게 언제냐고요?"

"일단 들어선 뒤에 관광객이 늘면……."

어처구니없는 말이었다. 관광단지가 들어서면 당장 물이 모자랄 텐데 그때 가서 상수도를 놓는다는 것도 믿을 수 없고, 실제로 그렇게 되더라도 문제는 전혀 해결되지 않는다.

"상수도가 설치된 면사무소에서 이곳까지 거리가 14km예요. 14km나 되는 상수도 공사가 의원님 마음대로 막 되는 건가요? 수자원공사와 협의도 해야 하고, 필요한 예산도 따와야 할 텐데, 그게 그냥 의원님이 된다고 하면 되는 건가요? 그리고 관광단지에서는 상수도만 쓸 건가요? 지하수는 관정만 개발하면 거의 돈이 들지 않는데, 관광단지를 운영하는 회사가 손해를 보면서 수돗물만 쓸까요? 무엇보다 우리 동네는 모두 지하수로 농사를 지어요. 식수는 마을에 상수도가 들어오면 해결된다고 쳐도, 모자란 농업용수는 어떻게 할 건데요?"

나는 세세하게 따졌다.

"하, 거…… 참!"

시의원은 먼 산을 보며 입맛을 다셨다.

아무리 봐도 이 시의원은 책임감이 없는 사람이었다. 사탕발림으로 그럴듯하게 사람들을 속이고는 나 몰라라 할 게 틀림없다.

"상수도만 문제가 아니에요. 하수가 정말 큰 문제예요. 연간 100

만 명이 찾아오면 엄청난 오염물질이 배출돼요. 화장실을 쓰고 씻기만 해도 엄청난 하수가 나올 텐데, 그 물이 제대로 정화돼서 배출될까요? 이곳은 환경부가 지정한 청정지역이고, 흐르는 냇물을 그냥 마셔도 될 만큼 깨끗한 1급수예요. 관광단지가 들어서면 잘 해봐야 2급수나 3급수, 심하면 썩은 물 수준인 4급수, 5급수가 될지도 모르죠. 그에 대한 대책은 있으세요?"

"그건 다 깨끗하게 처리해서 배출⋯⋯."

"거짓말!"

은율이가 갑자기 버럭 소리를 질렀다.

"허, 저런 버르장머리 없는⋯⋯."

남자 얼굴이 붉으락푸르락해졌다.

나는 은율이 손을 꽉 잡았다.

"마을 분들은 거의 다 유기농으로 농사를 지으세요. 우리 마을에서 생산한 농산물은 지역농산물 판매점에서 인기가 좋아요. 그런데 관광단지가 들어서면 물이 오염돼서 친환경 농사를 더는 짓지 못하게 될 거예요. 그 피해는 어떻게 하실 건가요?"

"그러니까! 관광단지에서 고용한다고 하잖아!"

"평생 농사만 지으신 할아버지 할머니들이 관광단지에서 무슨 일을 할 건데요? 풀 뽑고 청소하고 식당 잡일밖에 더 있어요? 그것도 언제든 잘릴 수 있는 비정규직으로."

"관광단지에서 마을 농산물을 구매해 줄 수도 있지."

"관광단지에 놀러 오는 사람들이 오염된 농산물을 먹을까요? 어차피 관광단지 정도 규모면 식자재를 외부에서 사 올 거잖아요. 지역농산물 이용은 허울뿐이고."

남자는 거칠게 한숨을 몇 번 내쉬더니 마루를 세게 치며 일어났다.

"어르신, 민원 취소하세요. 그런 민원 내지 않아도 시에서 다 알아서 해드립니다."

남자는 할아버지에게 큰 소리로 말했다.

"우리 은석이 말에나 제대로 대답해 봐."

"정말 이렇게 나오신단 말이죠?"

시의원이 정색하더니 나를 잡아먹을 듯이 노려봤다.

"왜 그런 눈으로 우리 은석이를 노려봐요?"

은율이도 시의원을 노려봤다. 시선과 시선이 불꽃을 튀기며 맞부딪쳤다.

"어린 게 어른들 일을 잘 알지도 못하면서 함부로 나대지 마라."

"아저씨나 허튼소리 마요."

은율이는 지지 않고 대들었다.

"하, 이런 조그만 녀석들이……."

남자는 양복 앞을 풀어 헤치더니 두 손을 옆구리에 대고 씩씩댔다.

"의원님, 의원님! 진정하십시오."

운전하던 젊은 남자가 재빨리 와서 성난 중년 남자를 말렸다. 남자는 다시 양복 단추를 채우더니 손으로 머리를 쓸어 넘겼다.

"어르신, 잘 들어요."

갑자기 그 남자 말투가 반말로 바뀌었다.

"여기에 관광단지가 들어서지 못하면 댐이 들어설 거야."

말도 안 되는 협박이었다. 댐처럼 큰일은 시의원 한 명이 나선다고 되지는 않는다.

"댐이 들어서서 모조리 이 마을을 떠나는 게 좋은지, 아니면 관광단지가 들어서서 돈도 벌고 마을에서 그대로 사는 게 좋은지 선택해야 할 거야."

남자는 다시 두 손으로 머리를 쓸어 넘기며 성난 황소처럼 씩씩거렸다.

"야, 가자."

그 남자는 운전기사를 앞세우고는 황소걸음으로 떠났다.

"뭣도 아닌 게!"

사라지는 자동차 뒤꽁무니를 보며 은율이가 주먹을 흔들었다.

"할아버지, 죄송해요. 괜히 제가 나서는 바람에 이런 꼴까지 당하시고……."

"아니다. 괜찮다. 저 자식 버르장머리는 옛날부터 유명했어. 그나저나 네가 낸 민원이 약점을 제대로 찔렀나 보다. 저 날건달이 부리나케 우리 동네까지 찾아온 걸 보면."

03
시한부 선고

은율이 연극 연습이 끝나기를 기다리는 참이었다. 햇살은 짙은 봄 기운을 머금고 따스하게 온몸을 감쌌다. 나는 봄이 좋다. 추운 겨울을 이겨낸 후 마른 가지에서 잎을 틔우고, 단단한 땅을 뚫어 연한 줄기를 내미는 그 생명력이 좋다. 추운 겨울 동안 움츠렸던 씨앗과 뿌리들이 기지개를 켜고 연초록으로 몸을 단장하는 순간들이 기적처럼 다가온 다. 가끔 느껴지는 쌀쌀한 기운은 생명력을 더 돋보이게 하기에 도리 어 반갑다.

햇살에 몸을 맡기고 봄을 느끼는데, 종인이가 껄렁껄렁하게 떠드 는 소리가 들렸다. 포근했던 감정이 밀려나고 불쾌함이 고개를 들이 밀었다.

"야, 또 네 여친 기다리냐?"

종인이는 다짜고짜 시비였다.

"너랑 말 섞기 싫으니까 저리 가."

"어쭈, 이게 깡패 여친 믿고 나한테 대든다 이거지?"

오늘 종인이는 유난히 자신감이 넘쳤다. 전에는 날 놀리면서도 혹시나 은율이가 갑자기 나타날까 봐 눈치를 보더니 오늘은 대놓고 도발이었다. 은율이가 폭력 쓰는 걸 보지 않기 위해서라도 종인이에게 말해줘야 할 듯했다.

"은율이 곧 나와."

나는 일부러 돌려 말했다. 알아서 피하라는 뜻이었다.

"아이고 그러셔? 그 깡패가 온다고 하면 내가 '아이고 무서워' 하면서 피할 줄 알았냐?"

종인이가 시건방지게 구는 까닭을 곧 헤아릴 수 있었다. 종인이 뒤로 덩치 큰 남자 둘이 나타났다. 1학년은 아니었다. 키가 180cm도 넘을 것 같았다. 단순히 키만 큰 게 아니라 딱 봐도 운동으로 다져진 몸이었다. 나도 모르게 눈살이 찌푸려졌다.

"네가 그렇게 잘났다며?"

"무슨 소리야?"

"숫자도 팍팍 읊고, 시에서 하는 일에 훼방도 놓고. 아주 소문이 자자해."

처음에는 무슨 말인지 몰랐다가 금방 이해했다. 아무래도 종인이

가족이나 친척 중에 관광단지와 연관된 사람이 있는 모양이었다.

"누구한테 무슨 말을 들었는지 모르지만 네가 상관할 일이 아니야. 우리 동네 일이어서 나선 것뿐이야. 그리고 그건 시에서 하는 일이 아니야."

"와, 이거 봐라. 아주 박사 나셨네."

뒤에 서 있던 덩치 큰 남자들이 얼굴을 험상궂게 일그러뜨리며 나에게 한 걸음 다가왔다.

"너, 나대지 마. 어른들 하는 일에 끼어들지 말라고. 계속 나대면 인생 팍팍하게 만들어줄 테니까."

종인이가 왼손으로 내 멱살을 잡고, 오른손으로 뺨을 톡톡 건드렸다.

자존심이 상했지만 내가 대응할 방법은 없었다. 그때 땅을 쭉 끄는 소리가 들렸다. 눈앞으로 손이 불쑥 튀어나오더니 내 멱살을 잡은 왼손을 잡아채 옆으로 비틀었다.

"악!"

종인이는 괴성을 지르며 왼쪽으로 나뒹굴었다.

"인생 팍팍하게? 놀고 있네."

은율이였다.

"한 번만 더 우리 은석이 건드리면 내가 어떻게 한다고 했지?"

"야, 씨, 뭐 해! 이년 족쳐버려."

종인이가 뒤에 선 덩치 큰 남자들을 향해 고함을 쳤다.

"네 걱정이나 먼저 해."

은율이가 종인이 손목을 더 세게 비틀었다. 종인이는 비명을 지르며 바닥을 굴렀지만, 은율이 손에서 벗어나지 못했다. 은율이는 점점 종인이 손목을 거칠게 비틀었고, 어느 순간 종인이는 엉엉 울기만 했다.

"이제부터 내가 물을게. 너 그 얘기 다 어디서 들었어?"

은율이가 종인이를 다그쳤다.

그때 덩치 큰 남자 둘이 은율이를 향해 달려들었다.

"조심해!"

내가 소리쳤다.

내 말이 끝나기도 전에 은율이는 몸을 뒤로 눕히며 왼쪽으로 비틀더니 다가오는 남자 사타구니를 걷어찼다. 남자는 도끼 맞은 통나무처럼 푹 쓰러지더니 사타구니를 붙잡고 데굴데굴 굴렀다. 다른 한 명이 은율이 몸을 붙잡으려 했지만, 은율이는 종인이 몸을 이용해 피하고는 몸을 한 바퀴 돌리며 그 남자 발목을 걷어찼다. 발목을 얻어맞은 남자는 중심을 잃고 앞으로 쓰러졌고, 은율이는 쓰러지는 남자 얼굴을 무릎으로 강하게 가격했다. 얼굴에서 피가 튀었고, 남자는 얼굴을 감싸 쥐며 나뒹굴었다. 그대로 둬도 다시 달려들지 못할 놈들이었지만, 은율이는 주머니에서 끈을 꺼내더니 등 뒤로 손을 돌리게 한 다음 두 사람을 한꺼번에 묶었다. 두 남자는 뒤로 팔이 묶인 채 고통스러운 신음을 계속 흘렸다.

"이 몸만 큰 깡패 새끼들을 믿고 까불었던 거지?"

은율이가 다시 종인이에게 다가갔다.

종인이는 얼굴이 새파랗게 질려서 바닥을 기며 뒤로 물러났다. 그런 종인이를 잡더니 은율이가 팔을 다시 비틀었다.

"으아악!"

종인이가 고통스러워했지만 은율이는 낯빛 하나 변하지 않은 채 몰아붙였다. 이럴 때 보면 은율이는 인정사정이 없다. 솔직히 잔인해 보이기까지 했다. 그러나 말리지 않았다.

"누구야? 누구한테 들었어?"

종인이는 울먹거리면서도 대답하지 않았다.

"대답을 안 한다 이거지?"

은율이가 종인이 어깨를 움켜쥐더니 엄지로 지그시 눌렀다.

"딱 10초 줄게. 네가 대답을 안 하면 어깨 인대가 파열될 거야. 겉으로는 상처 하나 안 날 테니 내가 때렸단 소리도 못 할 테고. 그래도 대답 안 하면 반대쪽 어깨 인대도 박살 날 거야."

은율이 손에 힘이 들어갔다.

"크아아악! 그만 그만! 말할게. 말한다고!"

은율이가 손에서 힘을 뺐다.

"우리 아빠가, 우리 아빠가…… 시의원이야. 아빠가 얘기해 줬어."

전혀 예상치 못한 대답이었다.

"우리 아빠가 다 말해줬어. 시에서 일을 추진하는데 은석이가 걸림돌이 된다고. 손 좀 봐줘야겠다고."

어처구니가 없었다.

"혹시, 너희 아빠가 관광단지 건설업자들이랑 가까워? 집에 사업하는 사람들이 여러 번 찾아오고 그러지 않았어?"

내가 물었다.

종인이는 눈을 굴리면서 제대로 대답하지 않았다. 은율이가 다시 어깨를 눌렀다.

"악! 누르지 마. 아파, 아프단 말이야."

"그러니까 대답해."

"잘은 모르지만 낯선 사람들이 집에 몇 번 찾아오긴 했어."

은율이가 잡고 있던 팔을 확 밀어버렸다. 종인이는 뒤로 힘없이 넘어지더니 재빨리 일어나 은율이 눈치를 살폈다. 나는 은율이한테 고갯짓했다. 가자는 소리였다. 버스 시간도 얼마 남지 않았다.

"오늘은 재수 좋은 줄 알아. 다음에 또 우리 은석이 근처에서 얼쩡대면 인대 몇 군데는 끊어버릴 테니까 알아서 해."

종인이는 두려움에 눈만 껌벅였다.

"뒤로 몰래 돈을 받아먹었겠지?"

버스정류장으로 가면서 은율이가 말했다.

"아마도."

머리가 복잡했다.

"경찰에 신고하면 되지 않을까? 나쁜 짓을 했으니 경찰이 잡아가고, 그러면 관광단지 개발도 못 하지 않을까?"

"말처럼 되면 좋겠지만, 그게 그렇게 쉽지 않을 거야."

갈수록 은율이가 불안해했다. 은율이도 관광단지를 쉽게 막지 못한다는 현실을 인식했기 때문이다. 관광단지는 단순히 은율산이 파괴된다는 의미가 아니었다. 관광단지는 은율이가 누리던 세상 전부가 부서지는 사건이다. 은율이 세상이 추락할 위기에 처했다. 찬란한 봄은 시들고 다시는 봄이 되살아나지 못할 것이다. 봄이 사라진 은율산은 은율이에게는 종말과 다름없었다. 은율이 세상을 지켜주고 싶은데 갈수록 희망이 사라진다.

집에 오자마자 둥글이네 집에 다녀왔다. 출산 후 조금 아팠던 포실이도 기운을 차렸고, 아롱이와 다롱이는 동굴 앞마당을 신나게 뛰어다녔다. 태어난 지 얼마 되지도 않았는데 벌써 엄마 품을 벗어나 돌아다니는 씩씩함이 멋졌다. 은율이는 둥글이와 놀다가 아롱이와 다롱이를 다정하게 쓰다듬고는 다시 뛰어다니기를 반복했다. 나는 포실이와 나란히 앉아서 아롱이, 다롱이가 노는 모습을 지켜보았다. 아롱이와 다롱이는 언제까지 이곳에서 행복하게 지낼 수 있을까? 은율이는 언제까지 이 낙원에서 마음껏 자유를 누릴 수 있을까? 그 시간이 얼마나 남았을까? 저 앞에 절벽이 기다리는 줄 알면서도 내달리는 심정이었다. 시한부 선고를 받고 죽음을 기다리는 이가 느끼는 절망과 고통을 조금은 알 듯했다.

새벽 한 시, 공부를 마무리하고 잠자리에 들려는데 창문을 두드리는 소리가 들렸다. 은율이와 나만 아는 암호여서 소리만 듣고도 은율이라는 걸 알아차렸다.

"이 밤중에 무슨 일이야?"

"빨리 나와봐. 산에 가자."

"지금?"

"응."

"뭔 일인데?"

"보여줄 게 있어."

"새벽 한 시야."

"알아."

"내일 학교도 가야 하고."

"잠깐이면 돼."

은율이에게 잠깐은 진짜 잠깐이 아니다. 알면서도 나가는 수밖에 없었다.

"무슨 일이야?"

"따라와 봐."

은율이가 달빛을 받으며 계곡 쪽으로 향했다.

"설마 산에 가려는 건 아니지?"

"아니긴……."

"이 밤에 산에 간다고?"

"왜 그래? 새삼스럽게."

"휴, 알았어."

은율이와 나는 가끔 밤중에 산에 갔다. 밤에 만나는 산은 낮과 무척 다르다. 낮에는 풍경이 지배하지만 밤에는 소리가 지배한다. 온갖 소리가 밤에 잠긴 숲을 채운다. 손전등 없이도 자유롭게 돌아다닐 만큼 숲을 샅샅이 알기에 밤이라고 해서 위험하지는 않았다. 밤에 산에 갔다가 멧돼지를 만나기도 했지만 아무 일도 일어나지 않았다. 신기하게도 산짐승들은 은율이를 좋아했다. 멧돼지도 마찬가지였다. 씩씩거리던 멧돼지마저 은율이가 손짓하자 차분해지더니 조용히 자기 갈 길을 간 적도 있다.

희미한 달빛마저 숲에 가려 사라지고 그림자만 짙게 드리웠다. 계곡물이 흐르는 소리 위로 온갖 벌레와 짐승이 내뱉는 소리가 그림자와 함께 출렁거렸다.

"어디로 가는 거야?"

은율이는 뿌리샘 쪽으로 가다가 방향을 틀어서 능선을 탔다. 험한 돌길을 오르더니 큰 바위 앞에서 멈췄다. 이대로 바위를 올라가면 둥글이네 집이 나온다. 달빛이 바위에 부딪히며 은은히 반짝거렸다.

"이쪽으로 왜 왔어?"

"쉿, 조용히 해."

은율이는 바위에 손을 짚더니 낮게 휘파람을 불었다. 가늘고 긴 휘파람이었다. 포르륵거리는 날갯짓과 함께 검붉은 점이 달빛을 가르며 허공에 나타났다. 처음에는 점 하나였는데 점점 늘더니 수백 개로 불어났다. 동그라미를 그리며 달빛을 튕겨내던 검붉은 무리가 천천히 아래로 내려왔다. 은율이가 바위에 댔던 손을 떼서 천천히 머리 위로 들었다. 검붉은 무리가 무엇인지 눈에 들어왔다. 전에 봤던 붉은색 박쥐였다. 엄청나게 많은 붉은색 박쥐 떼가 하늘을 채우고 빙글빙글 돌아서 은율이에게 다가왔다.

은율이는 휘파람에 변화를 주었다. 휘파람이 마치 노래처럼 흔들리자 박쥐들이 만든 원도 파동을 그리며 출렁거렸다. 은율이는 빙글빙글 돌며 춤을 추었고, 박쥐들도 은율이 몸놀림을 따라서 춤을 추었다. 은율이 움직임이 빨라지자 박쥐들도 빠르게 맴돌았다. 신비로운 광경이었다. 물론 그다지 이상하게 보이진 않았다. 앞서도 말했지만 은율이와 같이 지내면서 이런 광경은 숱하게 보았기 때문이다.

빙글빙글 돌던 은율이가 딱 멈추더니 하늘로 훌쩍 뛰어올랐다. 순간이었지만 박쥐 무리 속으로 은율이 몸이 사라졌다. 붉은 회오리가 달빛을 빨아들이며 핏빛처럼 빛났다. 잠시 잠깐 시간이 멈춘 듯했다. 은율이가 느리게, 아주 느리게 땅으로 내려왔고, 그와 동시에 붉은빛은 하늘로 흩어졌다.

"너, 밤에 혼자 여러 번 왔었지?"

산에서 내려오면서 내가 물었다.

"오늘이 열 번째야."

"열 번씩이나? 이렇게 늦은 밤에만 왔을 거 아니야?"

"노력 좀 했지. 다른 녀석들보다 다가가기가 좀 어려웠거든."

"너도 참 대단하다."

은율이는 콧노래를 부르며 산에서 내려왔다. 잠자는 시간이 늦어져 피곤했지만 은율이가 즐거워하니 나도 기뻤다.

늦게 잤지만 늘 그렇듯이 아침 일찍 일어났다. 일어나자마자 씻고 책을 꺼내 읽었다. 아침에 책을 읽으면 머리가 맑아지고, 새로운 생각들이 아침햇살처럼 떠오른다. 책에서 작가는 편견을 버리고 사실에 바탕을 두고 사건과 세상을 판단해야 한다고 했다. 그렇게 판단하면 뉴스에서 접하던 지옥 같은 세상이 아니라 점점 더 나아지는 세상을 만날 수 있다고도 했다. 책을 읽는 내내 의문이 들었다. 정말 세상은 더 나아지는 걸까? 이 좋은 환경을 파괴하는 짓을 끊임없이 하는 데도 더 나아진다고 판단할 수 있을까? 사실에 근거해서 세상을 판단해야 한다는 주장에는 공감했다. 사실을 근거로 문제를 제기했을 때, 권력과 돈이 없이도 이 거대한 흐름을 돌려세울 수 있을지는 여전히 의문이었지만 말이다. 서서히 밝아오는 창문이 내게 희망을 속삭였다. 솔직히 절망뿐이라도 희망을 만들기 위해 노력해야만 했다. 은율이가 누리는 낙원이 산산이 부서질 때까지 손 놓고 기다릴 수는 없었다. 크게 한 번 심호흡하고 다시 책에 집중했다. 마지막 장이었다. 작가가 가장 강조하는 대목이 펼쳐졌다.

유리창이 와장창 깨지는 소리가 들렸다. 우리 집 바로 뒤에서 나는 소리였다. 거기는 미순 할머니 집이었다. 놀라서 얼른 방문을 열고 나왔다. 할아버지와 할머니도 놀라서 뛰어나왔다.

"미치겠네."

굵은 남자 목소리였다.

"어머니, 도대체 왜 그렇게 똥고집을 부리세요?"

째지는 여자 목소리가 뒤따랐다.

"그깟 돌밭이 뭐가 아깝다고!"

"아까운 게 아니라……."

미순 할머니가 안간힘을 쥐어짰지만 곧이어 쏟아지는 말 폭탄에 묻히고 말았다.

"아깝지도 않은 밭을 왜 그리 꽉 움켜쥐고 계시냐고요?"

"집안 꼴을 봐요. 곳곳에 넘쳐나는 저것들 내다 버리라고 그렇게 말해도 꼭 움켜쥐고만 있잖아요. 그거랑 이거랑 뭐가 달라요?"

"어머님, 이제 그만 파세요. 시세보다 무려 10배나 더 쳐준다잖아요. 이제껏 버티신 건 잘하신 거예요. 잘하셨다고요. 그런데 그것도 지금 안 팔면 끝이에요. 개발되고 나면 똥값이에요. 어머님, 아끼다 똥 된다는 말이 괜히 있겠어요?"

남자는 고등학교 때부터 대도시로 나간 큰아들이었고, 여자는 며느리였다. 명절 때나 보이던 사람들인데 평일, 그것도 아침 일찍부터 와서 땅을 팔라고 독촉하고 있었다. 미순 할머니는 우리 할아버지와 함께 관광단지 계획에 포함된 땅을 팔지 않은 분이었다. 다른 분들은 당신들 땅을 자식들에게 다 넘겨주었고, 도시에 있던 자식들은 관광단지 업주에게 다 팔아버렸다. 그러나 미순 할머니는 모든 땅을 당신 명의로 소유하고 있어서 지금까지 지킬 수 있었다. 꽤 넓긴 해도 온통 자갈이라 소출이 얼마 되진 않지만, 미순 할머니는 그 땅을 몹시 아꼈다. 게다가 관광단지 개발업자들에게 그 땅은 우리 할아버지 밭보다 더 중요한 곳이었다.

"그럴 순 없다. 돌아가신 너희 아버지가 어떻게 장만한 땅인데……."

할머니는 끝까지 반대했다. 미순 할머니가 땅을 안 판다고 할수록 아들과 며느리가 하는 말이 거칠어졌다. 도저히 더는 듣기가 힘들었다. 또다시 물건 깨지는 소리가 나고, 험악한 말이 휩쓸고 지나가더니 잠시 잔인한 침묵이 흘렀다. 불안한 징조였다. 혹시 안 좋은 일이라도 벌어졌나 걱정돼서 미순 할머니 집 쪽으로 가려는데 할아버지가 말렸다.

"잘 생각하셨어요, 어머님!"

그러고는 며느리가 간드러지게 웃었다.

"진작 그러시지. 괜히 이 고생을 시키고."

아들이 투덜거리자 며느리가 남편을 책망했다.

"어휴, 당신도 참. 어머님이 신중하셔서 그래요. 그 덕분에 10배나 더 받게 됐잖아요. 잘하셨어요, 어머님."

조금 전까지 사납게 몰아치던 악독한 며느리는 사라지고, 상냥하기 그지없는 며느리가 나타났다.

"당신은 그 성질 좀 죽여요. 유리창에 장독에…… 하여튼 저이가 좀 급해서……. 어머님, 죄송해요. 그래도 저이 마음 아시죠? 다 어머님을 위해서 그런 거예요."

거짓을 뒤집어쓴 말들이 역겨워서 헛구역질이 나왔다. 차라리 거친 말을 쏟아낼 때가 정직했다. 며느리는 깨진 유리창을 빨리 갈아야 한다며 남편을 보냈고, 아침을 살뜰히 챙기면서 효부인 척했다. 미순 할머니 목소리는 끝까지 들리지 않았다. 아들과 며느리는 이웃들이 들으라는 듯 호들갑을 떨며 소란스럽게 움직였다. 구토를 참기가 힘들었다.

아침밥이 넘어가지 않았다. 할아버지 할머니도 마찬가지였다. 메스꺼운 속을 달래며 가방을 챙겨 나가려는데 은율이가 들어왔다. 은율이는 아침 사건을 모르는지 한없이 밝았다.

"너 얼굴이 왜 그래? 어디 아파?"

아침에 벌어진 일을 전할까 하다가 그만두었다.

"어제 늦게 자서 그러는 거야?"

은율이가 미안한 표정을 지었다.

"그런 거 아니야. 그냥 일이 좀 있었어. 버스 타고 가면서 얘기해 줄게."

할아버지 할머니 앞에서 아침 일을 다시 끄집어내기가 싫었다.

"있잖아, 내가 어제 꿈을 꿨는데 아롱이, 다롱이랑 붉은 구름을 타고 멀리 여행을 갔거든."

은율이는 어젯밤 꿈 얘기를 마치 실제로 겪었던 일처럼 신나게 풀어놓았다. 아침이면 숱하게 듣던 꿈 이야기였다. 은율이 꿈에는 어둠이 없다. 늘 밝고 신나는 모험과 기발한 사건이 넘친다. 아침 일 때문인지, 아니면 꿈조차 무너질 암담한 미래 때문인지 몰라도 은율이가 풀어놓는 이야기가 구슬프게 들렸다. 왈칵 눈물이 나려고 했다. 은율이가 눈치채지 못하게 얼른 숨겼다.

버스 올 시간이 조금 남았지만 일부러 일찍 나왔다. 짓눌린 현실에서 빨리 벗어나고 싶었다.

"재미없어?"

버스 타러 가면서 은율이가 내 얼굴을 살폈다.

"미안해. 재미는 있는데 제대로 들을 상황이 아니라서……."

그제야 은율이도 아침에 꽤 심각한 일이 있었다는 걸 알아챘다.

"무슨 일이야? 우리 할머니도 아침에 얼굴이 어두워서 왜 그러시냐고 여쭤봤는데, 한숨만 내쉬고는 나는 몰라도 된다고 하셨어. 네 표정도 그렇고, 마을 분위기도 이상하고……."

버스정류장에 도착했다. 버스가 오려면 조금 시간이 남았다. 버스에서 말하기보다는 지금이 나을 듯했다. 괜히 버스에서 이야기하다가 다른 동네 사람들 귀에 들어가면 좋을 게 없었다. 낯부끄러운 이야기는 동네 안에 머무는 게 좋다.

"아침에 미순 할머니 집에서……."

내가 막 아침에 벌어진 일을 설명하려는데 또 다른 고성이 맑은 아침 공기를 흐트러뜨렸다.

"뭐 하는 짓이야?"

이장님이었다.

"이장도 무시하고 막 나가자는 거야, 뭐야?"

마을회관 앞에서 이장님이 이홍석 청년회장에게 고래고래 소리를
질러댔다. 청년회장이라니 젊은 사람인 것 같지만 육십 세가 넘었다.

"이장이 이장 같아야 이장 대접을 하지."

청년회장은 이장님보다 몇 살 아래다. 평소에는 형님이라고 불렀
지만, 감정이 격해서인지 불만이 많아서인지 말이 곱게 나오지 않았다.

"당장 그만둬!"

"못 그만둬!"

"도대체 대책위란 걸 꾸려서 뭘 노리는 거야?"

'대책위'라는 낱말이 강렬하게 올라갔다 내려왔다.

"노리긴 뭘 노려. 이장이나 돈 욕심 그만 내."

"돈? 이 새끼 봐라. 너 그따위로 굴 거야? 너, 돈 더 받아내려고 대
책원지 뭔지 꾸리는 거 아냐? 시키면 속내를 내가 모를 줄 알고."

"자기 양심에 똥이 묻었으면 똥 묻었다고 솔직하게 인정이라도
해."

"뭐, 똥?"

"이장이면 이장답게 마을을 지켜야지. 어디 업자들에게 딱 붙어서
돈이나 받아 처먹고. 그 돈 몇 푼 받으니 좋아? 마을을 팔아먹으니 행

복해? 뒤로 나쁜 짓 다 해놓고 얻다 대고 큰소리야, 큰소리가!"

"누가 돈을 받았다고 그래?"

"모를 줄 알아? 동네 사람이고 면 사람이고 아무나 붙잡고 물어봐. 다 알아!"

"어디서 헛소문 듣고 지랄이야, 지랄이. 대책위인지 뭔지 꾸리기만 해봐. 가만 안 둘 테니까."

"뭘 어쩔 건데? 반대 대책위를 꾸리면 뭘 어쩔 건데? 경찰에 고소라도 하시게?"

"이 새끼가 진짜!"

그대로 가다간 주먹다짐이라도 벌어질 기세였다.

"반대 대책위를 꾸린다고 뭐가 될 줄 알아? 이미 시에서 국유지까지 넘겨줬어. 다 끝났다고!"

은율산 끝자락에서 버스가 나타났다.

나란히 앉은 은율이 몸이 바들바들 떨렸다. 한 번도 없던 일이라 놀라서 은율이 손을 꼭 잡았다.

"정말 관광단지를 못 막는 거야?"

슬픈 이슬이 아침 햇살을 머금고 검은 대지로 떨어졌다.

"저렇게 아름다운 곳이 다 사라지는 거야?"

은율이가 운다. 자기 세상이 무너질 미래를 예감하며 은율이가 운다. 걸음마를 뗀 뒤부터 늘 돌아다니던 산과 계곡이었다. 발길이 닿지 않은 곳이 없고, 은율이 영혼이 머물지 않은 곳이 없다. 어떤 이에게는 그저 돈을 버는 수단이고, 어떤 이에게는 며칠 놀다 가는 곳이겠지만, 은율이에게는 수많은 동물 친구들과 함께 살아가는 안식처였다. 바위와 물과 나무와 풀과 꽃들이 서로에게 기대며 은율이가 부르는 노래와 몸짓에 맞춰 춤추고 연극을 하던 무대였다. 마냥 희망차던 은율이에게 절망이라는 그늘이 드리워진다.

버스가 섰다.

"애들아, 안녕! 행복한 아침이야."

아침마다 듣는 반가운 인사였다. 버스기사가 인사를 건넬 때마다 늘 밝은 웃음으로 맞이하던 은율이는 슬픈 눈물로 인사를 대신했다. 사라지기 전에 눈에 넣어두기라도 하려는 듯 은율산에서 눈을 떼지 못한 채였다.

밝은 웃음을 짓던 버스기사 입술이 한쪽으로 일그러졌다. 마을회관에서 들리는 거친 말다툼 소리를 들은 것이다. 우리 마을이 어떤 상황인지 잘 아는 버스기사는 애처로운 눈빛으로 우리를 살폈다.

"은율아, 은석아, 힘내! 세상이 나쁜 놈들 뜻대로만 되지는 않을 테니."

제발 그러면 좋겠다.

발을 떼지 않으려는 은율이를 끌어서 겨우 버스에 올랐다. 늘 그렇듯이 우리는 맨 뒷좌석에 앉았다. 한참 동안 머리를 숙이고 바닥만 응시하던 은율이가 숨을 깊이 들이마시더니 고개를 들었다.

"아침에 무슨 일 있었어?"

억지로 차분하려고 애쓰는 티가 났다.

"그게, 아무래도 나중에 듣는 게……."

"그냥 말해줘. 나쁜 소식은 한꺼번에 듣는 게 나아."

나는 헛구역질을 일으킨 감정은 빼고, 최대한 무미건조하게 사실만을 전했다.

"이제 너희 할아버지 땅만 남았네."

"할아버지는 절대 파실 분이 아니야."

나는 단호하게 말했다.

"알아."

은율이가 차창 밖으로 시선을 돌렸다. 봄을 머금고 여름으로 자라나는 연초록 세상이 울퉁불퉁 흔들리며 뒷걸음질을 쳤다.

"그래봤자 막지 못할 거란 것도……."

긴 호흡이 뒤이어 따라올 말을 막았다. 영겁에 짓눌린 순간이 지나고, 가느다란 실바람 같은 낱말이 입술 사이를 비집고 억울하게 흘러내렸다.

"…… 알아."

'알아'라는 말이 이리도 가슴을 아리게 할 줄은 미처 몰랐다.

04
당신들의 악취

점심시간, 은율이는 연극반을 운영하는 선생님이 불러서 갔고, 나는 늘 그렇듯이 도서관에서 책을 읽었다. 한참 책에 빠져 있는데 사서 선생님이 말을 걸었다.

"《혼불》은 다 읽었나 보네."

"네, 요즘은《임꺽정》을 읽고 있어요."

"또 대하소설이라니 너 같은 학생은 처음 본다."

"재미있어요."

"어휘가 어렵지는 않아?"

"옛말이라 낯설기는 한데 모르는 어휘는 거의 없어요."

"대단하구나. 혹시라도 읽고 싶은 책이 생기면 말해, 주문해 줄 테니."

"감사합니다."

선생님이 내 어깨를 가볍게 다독였다.

"저, 선생님!"

나는 서고 쪽으로 돌아서는 선생님을 불러 세웠다.

"왜?"

"혹시, 선생님은 《임꺽정》 읽으셨어요?"

"읽었지. 왜?"

"어떻게 생각하세요?"

"뭘?"

"임꺽정이 권력에 저항한 행위요."

"운명에 떠밀린 게 아닐까. 그때는……."

"선생님은 지금 세상과 임꺽정이 살던 세상이 다르다고 생각하세요?"

"그때는 왕과 양반이 주인인 세상이었고, 지금은 국민이 주인인 세상이니까 달라졌다고 봐야겠지."

"정말 달라졌을까요?"

선생님 눈빛이 물결처럼 흔들렸다.

"저는 잘 모르겠어요. 어쩌면 겉모습은 달라졌지만 뿌리는 그대로인지도 몰라요."

"은석이 너, 무슨 일이 있니?"

선생님이 나에게 다시 다가왔다.

그때 선생님 전화가 울렸다. 선생님이 전화를 받았다.

"잠시만……. 네, 교감 선생님. 아, 그 자료요. 제가 컴퓨터를 봐야 하거든요. 잠시만요."

선생님은 손을 들더니 도서관 대출창구 옆에 자리한 작은 사무실로 들어갔다.

'화적이 되어야만 인간답게 살아갈 수 있는 사회, 권력자들이 그렇다고 하면 힘없는 이는 그냥 굴종해야만 하는 사회, 도대체 무엇이 바뀐 걸까? 도적이라도 되어야 할까? 나쁜 짓이라도 해야만 막을 수 있는 걸까? 아니면 사실을 바탕으로 변화를 추구하면 이 난관을 넘어갈 수 있을까? 뭘 어떻게 해야 하지? 내게 힘이 있다면, 은율이 세상을 지켜줄 힘이 있다면……. 화적이 되어 개발을 막을 수만 있다면 화적이라도 될 텐데.'

"책 읽다 말고 뭐 해?"

설아였다.

"책을 읽다가 딴생각에 빠지다니. 너답지 않은데?"

나는 설아를 무시하고 재빨리 책에 다시 집중했다.

"짝은 어디 갔어?"

역시 대꾸하지 않았다.

"날 이렇게 경계하면 속상한데……."

설아 목소리가 축 처졌다. 괜히 미안했다.

"경계……하는 게 아니야. 부담스러워서 그럴 뿐이야."

"미안. 내가 이런 데 좀 미숙해서. 이런 감정은 처음이라."

책에 머물던 시선을 설아에게 돌렸다. 눈이 마주치자 설아가 생긋 웃었다. 얼른 눈을 돌렸다.

"아, 참! 너한테 해줄 말이 있어서 왔는데 딴소리만 했네."

설아가 계면쩍게 웃었다.

"종인이가 이상한 소리를 떠벌리고 다녀서."

책에서 눈을 뗐다.

"너희 동네가 끝났다고, 아니 끝장났다고 했어. 자기 아빠한테 들었 다면서."

책을 덮었다.

"그게 무슨 말이야?"

다그쳐 물었다.

"나도 잘 모르겠어. 무슨 뜻인지 모르겠는데 자꾸 그렇게 떠벌리고 다녀."

불길한 예감이 스쳤다.

"아마 너한테 누구라도 전해주라는 뜻인 듯했어. 그래서 내 가……."

벌떡 일어났다. 나는 재빨리 사서 선생님이 있는 사무실로 달려갔다.

"선생님! 죄송한데 컴퓨터 좀 써도 될까요?"

다급하게 부탁했다.

"응? 어, 그러렴."

선생님이 자리를 비켜주었다. 인터넷을 열고 시청 홈페이지로 들어갔다. 지하수와 관련한 민원을 확인했다. 답변을 완료했다는 표시가 떴다.

"문의하신 사항을 검토한 결과, 개발에 아무런 문제가 없다는 점을 확인해 드립니다."

혹시 내가 잘못 봤는지 보고 또 봤다. 그러나 아무리 살펴도 그게 끝이었다. 나는 자세한 근거와 자료를 제시하며 따져 물었는데, 아무런 설명도 근거도 덧붙이지 않은 채 문제없다는 답변으로 끝이었다. 허무함과 허탈함에 이어 분노가 치밀었다. 답변 아래에는 궁금한 점이 있으면 더 문의하라면서 담당자 전화번호가 덧붙어 있었다.

"선생님, 학교 전화 좀 써도 될까요?"

"그, 그래! 먼저 9번 누르고……."

담당자에게 전화를 걸었다. 처음 받은 사람은 점심시간이라 담당자가 자리에 없다고 했다. 언제 돌아오냐고 물었더니 조금 뒤에 온다고 했다. 기다리겠다고 했더니 몇 초 지나지 않아 전화를 바꿔주었다.

"네, 오창석입니다."

딱딱한 공무원 말투였다.

나는 전화 건 용건을 간단하게 설명했다. 그러고서 아무런 문제가 없다고 답변한 근거가 무엇인지를 물었다.

"문제가 없으니까 없다고 답변했지. 너, 그런데 몇 살이야?"

"제 나이가 왜 중요한가요? 제가 문제를 제기한 주장과 근거들은 법률과 관련 규정에 바탕을 두었어요. 그러니 담당자께서도 제 나이를 묻지 마시고 법률과 규정에 따라 답변해 주세요. 도대체 어떤 근거로 아무런 문제가 없다고 했는지 설명해 주세요."

"어린 녀석이 관공서에 전화 걸어서 이상한 소리나 하고, 선생님이나 부모님이 네가 이러는 거 아시니?"

"왜 자꾸 딴소리하세요. 저는 민원을 넣었고……."

"네가 민원을 넣었다고? 네 이름이 뭔데?"

"제가 아니라 저희 할아버지 이름으로……."

"그럼 할아버지한테 전화하라고 해! 어린 녀석이 버릇없이 전화하지 말고."

나는 이런 어른이 싫다. 옳고 그름을 따지지 않고 나이 먼저 따지는 어른이 끔찍하게 싫다.

"다 살펴보고 문제가 없으니까 없다고 한 거야. 바쁘니까 끊어."

전화는 끊어졌고 속은 끓어올랐다. 전화기를 든 손이 억울함과 분노로 파르르 떨렸다. 이를 악물었다. 임꺽정을 떠올렸다. 임꺽정이 한 선택을 떠올렸다. 흔들리면 안 된다. 냉정해야 한다. 그러나 들끓는 감정을 다스리기가 힘들었다.

"은석아, 괜찮니?"

선생님이 걱정스럽게 물었다.

"야, 왜 그래?"

설아도 꽤 놀란 듯했다.

나는 이를 악물었다.

"선생님!"

"응, 그래. 왜?"

"제가 임꺽정처럼 해야 할까요? 아니면 세상을 믿고 최선을 다해야 할까요?"

"임꺽정보다는 세상을 믿는 편이 낫지 않을까?"

"선생님은 사람들이 선하고, 세상은 괜찮은 곳이라고 믿으세요?"

"네가 방금 무슨 통화를 했는지는 모르겠지만, 선생님은 네가 지나치게 좌절하지 않으면 좋겠구나."

"선생님도 확신하지 못하시죠? 사람들은 악하고, 세상은 괜찮지 않다고 생각하시죠? 그런데 왜, 왜 이따위 세상을 그대로 내버려 둬야 하죠?"

가슴에 불이 붙은 듯 뜨거워졌다.

나는 선생님 대답을 기다리지 않고 사무실을 나왔다. 설아와 선생님이 조심스럽게 내 뒤를 따라왔다.

"그리고 선생님!"

"응, 은석아!"

"저는 좌절하지 않아요."

"그래, 그럼 다행이고."

"다만 역겨울 뿐이에요. 아무렇지 않게 순수한 영혼이 누리는 낙원을 파괴하려는 인간들이, 그리고 그 인간들이 사는 세상이……."

타오르는 불길이 가라앉지 않았다. 아무리 소화기를 뿌리고 폭우를 쏟아부어도 불길은 점점 거세지기만 했다.

"2학기 때 학교 축제에서 연극을 한대. 그리고 그거 알아? 선생님이 나한테 여주인공을 맡으라고 하셨어. 내가 여주인공이라고!"

은율이는 연극반 선생님을 만나고 오더니 들떠서 한참을 자랑했다. 아침에 절망하며 눈물 흘리던 은율이가 연극으로 기쁨을 되찾은 모습을 보니 조금은 마음이 놓였다. 은율이 웃음이 불길이 번지는 걸 막아주었지만 완전히 진화시키지는 못했다. 저 웃음이 얼마나 위태로운 벼랑 위에 놓여 있는지를 알기 때문이다.

수업 시간에도 무엇 하나 귀에 들어오지 않았다. 어차피 듣지 않아도 다 아는 내용이었다. 선생님 입에서 나오는 어휘들이 다 부질없게만 느껴졌다.

종례를 마치고 은율이와 같이 나가려는데 담임 선생님이 나를 불렀다.

"교장 선생님이 찾으신다."

"교장 선생님께서 저를 왜?"

"그건 나도 몰라. 일단 교장실로 가봐. 버스 시간은 아직 남았지?"

"40분은 여유가 있어요."

"그 정도 시간이면 넉넉할 거야."

교실에서 기다리라고 했는데 은율이는 굳이 나를 따라왔다.

"교장실 밖에서 기다리면 되잖아."

은율이를 교장실 밖에서 기다리게 하고, 나 혼자 교장실로 들어갔다.

"안녕하세요, 1학년 2반 허은석이라고 합니다. 교장 선생님께서 찾으신다고 해서 왔습니다."

"어, 거기 앉아봐."

첫마디부터 싸늘했다.

나는 감정을 가라앉히고, 선입견도 누그러뜨리고, 어른 앞에서 갖춰야 할 예의를 지키며 바르게 앉았다.

교장 선생님은 한참 동안 통화하면서 나를 기다리게 했다. 시계를 봤다. 버스를 타야 할 시간이 점점 다가왔다. 기다리고 기다려도 통화가 끝날 기미는 보이지 않았다. 더는 기다리기 어려웠다.

"교장 선생님, 제가 버스 탈 시간이 얼마 남지 않았습니다."

교장 선생님은 손짓으로 기다리라는 신호만 하고는 전화를 끊지 않았다.

"교장 선생님! 바쁘시면 나중에 말씀을 듣겠습니다."

나는 자리에서 일어났다.

"기다려. 통화 끝났어."

교장 선생님은 거칠게 손을 휘둘렀다. 강한 명령이었다. 그 명령을 무시하고 나갈 수는 없었다. 교장 선생님은 그러고도 1분이나 더 지난 뒤에야 전화를 끊었다. 시계를 봤다. 버스가 올 시간이 15분밖에 남지 않았다.

"교장 선생님이 통화하시는데 진득하게 기다릴 줄도 모르고. 하여튼 요즘 애들은……, 쯧쯧."

혼잣말인 척했지만 들으라고 하는 게 느껴졌다. 교장 선생님은 느리게 걸어서 내 앞 소파에 앉았다.

"부르신 용건이 궁금합니다."

나는 다시 시간을 확인했다.

"허은석 학생도 학교보다 학원 일정이 더 중요한가?"

교장 선생님이 손목시계를 보더니 비꼬는 투로 말했다.

"저는 학원에 다니지 않습니다. 집이 멀어서 버스 시간을 놓치면 안 되기에 시간을 확인하는 것뿐입니다."

"학원을 안 다닌다? 그래서 공부는 따라가겠어?"

일관성 없는 질문에 대꾸해 봤자 시간낭비였다. 나는 이제 빨리 나가야만 한다.

"제가 이제 곧 버스를 타야 합니다. 부르신 용건이 무엇인지 간단하게 말씀해 주십시오."

"허, 버르장머리가……. 이거 인성교육을 더 강화하든지 해야지, 원."

속이 끓어올랐다. 누가 누구에게 인성교육을 한단 말인가? 속이 뒤틀렸지만 꾹 내리눌렀다. 어른 앞에서 버릇없이 군 건 사실이었다. 나는 재빨리 자세를 고쳐 앉았다.

"죄송합니다. 제가 버스 시간 때문에 예의 없이 굴었습니다."

"흠, 그래도 가정에서 예의는 배웠나 보군."

교장 선생님은 거들먹거리더니 다시 입을 닫고 나를 위아래로 훑어봤다. 아무래도 일부러 시간을 끄는 듯했다. 도대체 왜 저러는 걸까? 나를 불렀다면 내가 어디 사는지도 알 테고, 내가 몇 번이나 버스 시간을 강조했으니 빨리 보내줘야 한다는 것도 인식했을 텐데. 버스를 놓치라고 일부러 저러는 걸까? 이해할 수 없었다.

시계를 물끄러미 보던 교장 선생님은 헛기침을 몇 번 하다니 나를 매섭게 째려봤다.

"그래, 바쁘다니 교장 선생님이 간단하게 몇 가지만 묻지."

버스 시간에 맞춰 나가려면 3분 안에 대화가 끝나야만 했다. 몇 가지나 되는 질문에 답할 만큼 시간이 넉넉하지 않았다.

"오늘 점심시간에 도서관에서 학교 전화로 어디에 전화했지?"

예상치 못한 질문이었다. 머리가 하얘졌다.

"설마 몇 시간 전인데 기억나지 않는다고 하진 않겠지?"

무슨 의도로 묻는지 알아야 하는데, 두꺼운 얼굴 뒤에 숨은 속내를 짐작하기 어려웠다.

"급하게 전화해야 하는데 제가 휴대전화가 없었습니다. 그래서 사서 선생님께 양해를 구하고 학교 전화를 사용했습니다."

이제 2분 남았다.

"설마 학교 전화를 사용한 것 때문에 불렀다고 생각한 건가? 나를 심하게 모욕하는군."

억지 트집이었다.

"죄송하지만 그저 사실을 있는 그대로 말씀드렸을 뿐입니다."

"아직 내가 묻는 말에 답하지 않는군. 어디에 전화했는지는 왜 말하지 않지?"

설마 하는 불안이 일렁였다. 설마 그럴 리는 없다고 믿고 싶었다.

"시청에 전화했습니다."

"이유가 뭔가?"

"제가 우리 마을 관광단지 개발과 관련해서 지하수 사용에 문제가 있는지 확인해 달라고 민원을 넣었는데, 답이 자세하지 않아서 전화로 문의했습니다."

"시청 관계자 말로는 버릇없이 굴었다고 하던데……."

"저는 그런 적 없습니다. 예의를 갖춰서 질문했는데, 담당 공무원이라는 분이 제대로 답변하지 않았습니다. 또 할아버지 이름으로 민원을 넣었으면 할아버지가 직접 전화하게 하라면서 저를 나무랐습니다. 저는 답변을 듣고 싶었지만, 통화는 그걸로 끝이었습니다."

1분 남았다.

"할아버지가 민원을 넣었는데, 왜 은석 학생이 확인하지?"

"민원은 제가 넣었습니다. 제가 미성년자인데다 휴대전화도 없어서 하는 수 없이 할아버지 명의를 빌렸습니다."

교장 선생님이 갑자기 탁자를 확 내리쳤다.

"도대체 말이야, 선생님들한테 뭘 배운 거야? 시에서 하는 일인데 중학교 1학년 학생이 뭘 안다고 할아버지 이름으로 몰래 민원을 넣고 확인을 해! 응? 자네가 그렇게 똑똑해? 그렇게 행정을 잘 알아?"

30초 남았다.

"몰래 하지 않았습니다. 그리고 제가 넣은 민원은 상식이고, 인터넷에 검색하면 쉽게 알 수 있는 내용이었습니다. 우리나라는 민주주의 사회고, 나이가 몇 살이든 국가나 지자체가 하는 일에 의문이 들면 문의할 수 있다고 생각합니다. 그리고 관광단지 개발은 시에서 하는 일이 아니라 건설업자가 추진하는 일입니다."

10초 남았다. 아무래도 제시간에 버스 타는 건 포기해야 할 듯했다.

"어허, 어디서 교장 선생님께 또박또박 말대꾸야?"

교장 선생님이 또다시 버럭 고함을 쳤다.

그때 교장실 문이 열리며 은율이가 고개를 내밀었다.

"교장 선생님! 아직 안 끝났나요? 버스 타려면 저희 지금 가야 하는데……."

"너 허은율 학생이지? 너도 이리 들어와 봐."

"저희 가야 하는데……."

"어허, 교장 선생님 말씀 못 들었어?"

은율이는 들어오지 않으려고 했지만, 교장 선생님 호통에 어쩔 수 없이 교장실 소파에 앉았다.

"학생이면 학생답게 굴어. 잘 알지도 못하는 일에 나서서 학교 이름에 먹칠하지 말고."

버스 시간에 맞춰 가기는 글렀다.

"학생은 말이야……."

의미 없는 잔소리가 지겹게 이어졌다. 아무런 설득력이 없었다. 수업에서 배운 지식과 반대되는 논리였다. 문장 하나하나 모조리 반박할 수 있었다. 점점 역한 냄새가 났다. 시궁창에 발을 담갔을 때 나는 역겨운 악취였다.

"…… 믿고 신뢰하지 않으면……."

버스 시간은 이미 한참 지났다. 아마 버스기사는 우리를 위해 몇 분은 더 기다렸을 것이다. 반박은 의미가 없었다. 그래서 동의할 수 없는 주장에도, 왜곡된 사실에도 반박하지 않았다.

"…… 충분히 알아들었겠지?"

그냥 알겠다고 대답해야만 했다. 안 그랬다가는 또다시 악취를 길게 맡아야 할 것이다.

"그리고 허은율!"

"네……."

"학생들을 때리고 다닌다는 소문이 있던데?"

"제가요?"

이건 그냥 듣고 넘길 문제가 아니었다.

"사실이 아닙니다."

내가 말했다.

"선생님이 다 알아봤는데 어디서 거짓말을?"

교장 선생님은 또다시 권위를 앞세워 사실을 왜곡하려 했다.

"무슨 말을 들었는지 모르지만 피해자는 접니다. 은율이는 저를 보호했을 뿐입니다. 만약 이걸 문제 삼으면 가만히 당하고만 있지는 않을 겁니다."

"앞으로 또다시 학생들에게 폭력을 쓰면 강하게 징계할 테니까 그리 알아."

교장 선생님은 내 말엔 들은 척도 안 하더니 시계를 보고는 갑자기 일어났다.

"앞으로 학생답게 행동해. 가봐."

뜬금없는 끝맺음이었다.

나는 자리에서 일어났다. 그제야 은율이를 봤다. 은율이는 치솟는 화를 힘겹게 누르고 있었다. 그대로 뒀다가는 사고를 칠 듯했다. 나는 은율이 손을 꼭 잡았다.

"감사합니다."

은율이에게도 인사를 시켰다. 은율이는 억지로 목례했다.

"그래도 예의는 아는군. 좋은 태도야."

교장 선생님이 징그럽게 웃었다.

"정말 감사합니다. 임꺽정이 옳다는 걸 확실히 알려주셔서."

어리둥절한 교장 선생님을 두고 교장실을 나왔다. 그때 교장 선생님이 통화하는 소리가 들렸다.

"네, 의원님! …… 내일 점심에요? 그러시면…….."

의원이라는 호칭이 들리자 모든 상황을 납득할 수 있었다. 알고 싶지 않은 진실이었다. 또다시 속이 메스꺼웠다. 구토가 일었다.

"괜찮아?"

은율이가 걱정스럽게 내 등을 두드렸다. 한참을 헛구역질했는데도 속이 가라앉지 않았다. 이런 세상을 살아가야 한다고 생각하니 앞날이 깜깜했다.

우리는 말없이 버스정류장에 앉아서 마을로 들어가는 버스를 기다렸다. 날이 점점 깜깜해졌다. 수많은 사람이 정류장에 머물다 버스에 실려 사라졌다. 아무도 우리에게 관심을 기울이지 않았다. 은율이와 나는 서로에게만 의지한 채 외로운 시간을 견뎠다. 배가 고팠지만 군 것질할 돈이 없었다. 저녁 8시가 되자 마을로 들어가는 버스가 왔다. 버스 문이 열렸다. 낯선 버스기사가 지친 표정으로 요금을 확인했다. 인사도 하지 않고 버스에 올라 뒷좌석으로 갔다. 입을 열 힘도 없어서 마을에 이를 때까지 아무런 대화도 나누지 않았다.

오늘따라 동네 버스정류장에 차가 많아서 버스를 돌리기 힘들었다. 은율이와 내가 버스를 무사히 돌릴 수 있도록 도왔다. 은율산 자락을 벗어나는 버스 뒤꽁무니가 안개처럼 흩어졌다.

우리는 힘없이 다리를 건넜다. 대문으로 막 들어서는데 마을회관

문이 열리며 사람들이 쏟아져 나왔다. 동네를 헤집고 다니는 회사 사람들, 꼴 보기 싫은 시의원, 행정복지센터 직원들, 그리고 한 번도 본 적 없는 낯선 이들도 무수히 많았다. 그들은 마을회관 앞에 나와서도 한참을 떠들면서 서로 인사를 나누고 악수하더니 각자 자동차에 올랐다. 자동차들이 내는 소음이 환청처럼 윙윙거렸다. 차들이 다 빠져나간 뒤에야 회관에서 마을 어른들이 하나둘씩 빠져나와 각자 집으로 갔다.

마지막으로 이장님, 청년회장과 함께 할아버지가 나왔다. 이장님과 청년회장은 마을회관을 벗어날 때도, 마당에 나와서도 언성을 높이면서 다퉜다. 할아버지는 두 사람에게 인사도 건네지 않고 그냥 집으로 왔다.

"늦었구나. 학교에서 무슨 일이 있었어?"

"교장······."

은율이 말을 내가 막았다.

"시간을 잘못 봐서 버스를 놓쳤어요."

할아버지에게 걱정을 끼치고 싶지 않았다.

"시의원에 행정복지센터 직원들까지 잔뜩 오고, 무슨 일이에요?"

할아버지가 긴 한숨을 내쉬었다.

"오늘 시장이 이곳을 관광단지로 지정했다는구나."

예상은 했지만 가슴이 덜컹 내려앉는 소식이었다.

"조금 전까지 회사와 시에서 나와서 주민설명회를 열었어. 시에서 허가가 떨어졌으니 더 이상 반대하지 말고 받아들이라고 설득하더구

나. 협조하지 않으면 불이익이 크다고 잔뜩 협박을 늘어놓았어."

"지하수는 물어보셨어요?"

"평가선지 뭔지를 작성했다는 전문가가 나와서 숫자를 잔뜩 풀어놓으면서 괜찮다고 하는데, 나는 도저히 알아듣지 못하겠더구나."

그제야 교장 선생님이 왜 나를 붙잡고 억지로 시간을 질질 끌었는지 이해할 수 있었다. 교장 선생님은 내가 주민설명회에 참석하지 못하도록 붙잡은 것이다. 지하수 문제로 질문하고 따져 묻지 못하게. 사악한 악취가 또다시 진하게 퍼졌다.

"그럼, 이제 다 끝난 건가요?"

은율이가 초조하게 물었다.

"아니야, 끝나지 않았어."

할아버지 대신 내가 대답했다.

"시장이 이 지역을 관광단지로 지정한다고 끝이 아니야. 관광단지 조성계획을 승인하고 고시해야 공사에 들어갈 수 있어. 막을 기회는 아직 남았어."

"그렇지만 시에서 오늘 허가했다면서?"

"그게 끝이 아니야. 아직 절차를 더 거쳐야 해. 우리에게는 아직 기회가 남아 있어."

이상하게 오기가 생겼다. 이대로 굴복하고 싶지 않았다.

"참, 관광단지 반대 대책위를 꾸렸다. 청년회장이 위원장을 맡기로 했고."

05
은석이의 질문

구불구불 자란 굵은 소나무 중턱에 걸터앉아 진초록이 주는 편안함을 즐겼다. 짙은 숲이 역겨운 악취와 시궁창 같은 불안을 지워준 덕분이었다. 나는 책을 읽었고, 은율이는 주인공을 맡은 연극 대본을 외우며 연습하고 있었다. 바람을 타고 가끔 찾아드는 햇살은 작은 빈틈까지 채우며 토요일 오후를 완벽하게 만들었다.

"저 소리 들려?"

은율이가 벌떡 일어났다.

"무슨 소리?"

온갖 새와 곤충들이 종알대고, 나무들이 바람에 맞춰 내뱉는 흥얼거림만 들릴 뿐 낯설거나 특이한 소리는 없었다.

"들리잖아."

은율이는 나무에서 훌쩍 뛰어내렸다. 그러고는 바닥에 손을 대고 땅에 귀를 가까이 댔다.

"저쪽이야."

은율이는 대본을 나에게 넘겨주었다.

"갔다 올게. 기다려."

고라니 한 마리가 숲을 가로지르듯 은율이는 나무 사이를 뚫고 곧장 산등성이로 내달렸다. 따라가고 싶어도 내가 따라갈 만한 빠르기가 아니었다. 삽시간에 은율이가 내 시야에서 사라졌다. 계속 혼자 책을 볼까 하다가 은율이가 간 곳으로 가보기로 했다. 대충 어디로 갔을지 어림 되는 곳이 있어서 나는 빠른 걸음으로 은율이가 사라진 방향으로 걸었다.

산등성이에 올라가자 은율이가 낯선 이와 대화를 나누는 소리가 들렸다.

"괜찮으세요? 다리를 많이 다치셨어요."

"저 멧돼지들은……."

남자는 두려움에 벌벌 떨었다.

"이제 괜찮아요. 아가들을 보호하려던 엄마가 놀라서 그랬을 뿐이에요."

"너, 넌 그걸 어떻게?"

"예전부터 아는 사이예요."

"그런…… 말도 안 되는…….”

남자가 느끼는 당혹스러움은 이해할 수 있었다. 가냘픈 10대 여자애가 시골 야생 멧돼지와 아는 사이라고 하면 누가 곧이곧대로 믿겠는가?

"힘주지 마세요. 다리에 부목을 댈게요.”

멧돼지 가족이 보였다. 나도 몇 번 마주친 녀석들이었다. 엄마와 아빠가 새끼들을 가운데 두고 빙글빙글 돌며 상태를 살폈다. 멧돼지와 대여섯 걸음 떨어진 곳에서 한 남자가 나무에 기대앉아 멧돼지들을 노려보며 공포에 떨고 있었다. 은율이는 나뭇가지로 부목을 만들어 남자 다리를 묶었다. 나는 멧돼지를 피해서 은율이에게 갔다.

"나 왔어.”

"다리가 부러진 것 같아서 부목을 댔어. 너한테 배운 대로 했는데 잘했는지 모르겠네.”

나는 남자가 다친 부분을 살폈다.

"응, 완벽해!”

내가 칭찬하니 은율이가 늦은 봄꽃처럼 웃었다.

남자는 여전히 멧돼지들을 보며 두려움에 떨었다.

"멧돼지들한테 이제 그만 가라고 해. 공포 때문에 쇼크가 올지도 몰라.”

은율이가 멧돼지들에게 다가갔다. 멧돼지 엄마와 아빠는 은율이를 보더니 한 걸음 뒤로 물러났다. 은율이는 멧돼지 새끼들에게 가더니 이곳저곳을 살폈다.

"살짝 긁히기만 했어. 괜찮아."

은율이는 아기 멧돼지 털을 부드럽게 쓰다듬었다. 엄마와 아빠가 곁에 있는데도 불안해하던 새끼들이 곧 진정되더니 머리를 들고 푸르 륵거렸다.

"이제 집에 가. 앞으로는 엄마 아빠 말 잘 들어."

멧돼지 가족은 은율이를 한 바퀴 돌고는 산등성이로 뛰어올랐다.

"저런 말도 안 되는……."

남자는 기적이라도 목격한 것처럼 파르르 떨었다.

"혼자 오셨어요?"

내가 물었다.

"동료들이 있어."

"여긴 뭐 하러 오셨어요? 등산이 목적 같지는 않은데."

"조사하던 중이었어."

조사라는 말에 신경이 곤두섰다.

"혹시 관광단지 개발 때문인가요?"

"이 마을에 사니?"

고개를 끄덕였다.

"나는 환경영향평가서를 작성하는 업체에서 나왔어."

우리 마을을 파괴하는 일을 하는 사람이라니 걱정하는 마음이 차 갑게 식었다.

"동료들에게 전화해 보세요."

나는 냉랭하게 말했다.

"그럼 좋겠지만 멧돼지한테 공격당할 때 휴대전화를 잃어버렸어."

달리 방법이 없었다.

"내가 업고 내려가야겠네. 저한테 업히세요."

은율이가 남자에게 등을 내밀었다.

"너한테?"

"걱정하지 말고 업히세요. 제가 아저씨보다 힘이 세니까."

남자는 내 표정을 한 번 살피더니 다리를 절뚝거리며 일어서서 은
율이 등에 업혔다. 은율이는 남자를 업고 빠른 걸음으로 산에서 내려
갔다. 빈 몸인 내가 따라가기 벅찰 정도였다. 계곡 옆으로 난 길을 따
라가는데 낯선 말소리가 들렸다.

"잠깐 쉬었다 갈게요."

은율이가 남자를 내려놓았다.

약간 들뜬 듯한 여자가 관광단지에 대해 장황하게 풀어놓는 설명
이 들렸다.

"이쪽에는 아름다운 자연을 그대로 살리는 체험학습장을 꾸밉니
다. 아이들이 자연에서 뛰노는 모습을 상상해 보세요. 흐뭇하지 않습
니까? 콘크리트 도시 문명에 갇힌 채 감수성을 잃어가는 아이들이 많
죠? 참 심각한 문제입니다. 지금은 그냥 물과 풀과 나무뿐이지만 이곳
에 다양한 요소들을 배치해서 체험학습장으로 꾸미면, 이 환경도 경

험하고 풍부한 체험도 하면서 자연이 얼마나 소중한지 배우게 될 겁니다. 안내장에도 나왔지만 전 세계 곳곳에서 식물과 자연을 옮겨와서 이곳에서 세계를 경험할 수 있게 할 예정입니다. 이런 풍성한 체험학습장은 어디에도 없습니다. 아시다시피 21세기에는 환경이 중요합니다. 환경감수성이 없는 인재는 앞으로 대한민국을 이끌어 가지 못합니다.

그러면 아이들만을 위한 관광단지냐? 그렇지 않습니다. 아이들을 위해 희생하기만 하는 관광단지는 참된 가족 관광단지라고 할 수 없지요. 본 관광단지는 온 가족이 함께 즐기면서도, 가족 구성원 취향대로 즐길 수 있도록 구성했습니다. 중심부에는 가족이 모두 함께 즐기는 놀이공원을, 왼쪽으로 가면 아빠들이 유년 시절 추억과 현재 취미를 마음껏 즐길 수 있는 어른을 위한 놀이시설을 배치했습니다. 저쪽 산자락으로는 엄마들을 위한 다양한 체험방과 휴식공간을 배치해 자유로운 시간을 누릴 수 있도록 했습니다. 이토록 다양하고 풍성한 관광단지를 보신 적 있습니까? 여러분, 얼마 전에 시에서 관광단지 지정 고시도 났습니다. 이제 일사천리입니다. 지금 투자를 안 하시면 다시는 기회가 없을 겁니다."

말소리가 점점 멀어졌다. 은율이가 바닥에 털썩 주저앉았다. 갑자기 기운이 싹 빠져나간 듯했다.

"아저씨는 어떻게 생각하세요?"

내가 묻자 남자가 긴장한 듯 인상을 찌푸렸다.

"환경감수성을 키운다면서, 자연이 얼마나 소중한지 경험하게 한다면서 자연을 파괴하는 사업을 한다는 게 이상하지 않나요?"

남자는 흐르는 계곡물만 바라볼 뿐 아무런 대답도 하지 않았다.

"우리는 생존이 걸렸는데, 이곳에 사는 무수한 생명들이 목숨과 터전을 빼앗길 위기에 처했는데, 저들은 기껏 조금 더 재미있게 놀려고 하는 거잖아요. 왜 그래야 하죠? 정말 환경감수성을 기르고, 자연이 얼마나 소중한지 알고 싶다면 지금 이대로 환경을 보존하면서 경험하면 되잖아요. 보호한다면서 왜 파괴하죠? 도대체 왠가요?"

남자는 입을 꾹 다문 채 내 질문에 대한 대답은 끝까지 하지 않았다.

"업히세요."

은율이가 힘없이 일어섰다.

"제가 지금은 힘이 없어 당하지만 언젠가는 대가를 치르게 할 거예요. 반드시!"

남자는 절뚝이며 일어서서 은율이 등에 업혔다.

팽팽한 침묵에 쌓인 채 은율이는 힘겹게 남자를 업고 마을로 내려왔다. 남자는 마을회관에서 동료들에게 전화할 수 있었고, 30분쯤 뒤에 남자와 비슷한 복장을 한 사람들이 나타났다. 그들은 남자를 부축해 차에 태웠다.

"고마워. 너희 덕분에 살았어. 나는 회사에 속한 사람이라서 윗사람 지시에 따라야만 해. 다만 여기를 찾아봐. 너는 꽤 똑똑해 보이니까 막을 방법을 찾을 수 있을지도 몰라. 우리나라 법이 개발업자에게 유리하기는 하지만, 그래도 마지막 방어 장치는 마련해 두었거든. 결국 서류가 중요해. 현장이 아니라……."

남자가 명함과 함께 작은 쪽지 한 장을 내게 주었다. 쪽지에는 인터넷 주소와 활용법이 간략하게 적혀 있었다.

"내가 별 힘은 없지만 도와줄 만한 일이 있으면 도울 테니 연락해. 구해줘서 고마워. 그리고 미안하고."

그 남자에게서는 악취가 나지 않았다.

집에 오자마자 그 남자가 알려준 인터넷 주소로 들어갔다. '환경영향평가정보시스템'이 떴다. '전략환경영향평가서'로 들어가 은율산 관광단지를 검색했다. 검색 결과를 눌렀더니 초안 파일이 PDF 형식으로 떴다. 개발계획, 지역현황, 동식물상, 지형, 경관, 수환경, 대기, 소음진동 등 다양한 환경영향평가 항목이 있었다. '동식물상' 항목을 눌렀다. 조사방법, 조사대상, 조사내용, 평가 등이 동물상과 식물상으로 나뉘어 길게 나열되어 있었다. 워낙 양이 많아서 꼼꼼하게 살피지 않으면 내용이 맞는지조차 확인하기 어려워 보였다. 다시 항목이 있는 창으로 나왔다. 주민의견을 듣는 기간은 이미 지난 뒤였다. 언제 했는지 이미 주민설명회도 했다고 나왔다. 내가 관심이 많은 '수환경' 부분을 눌렀다. BOD, COD, TOC, 비점오염원 등 모르는 용어투성이였다. 문제점을 제대로 지적하려면 알아야만 했다.

그때부터 평가서 내용을 공부했다. 모르는 용어가 나오면 검색해서 찾아냈다. 설명을 읽다가 이해하기 어려운 용어나 내용이 나오면 가지치기를 해가며 세밀하게 공부했다. 그러다 보니 한 장을 정확히 이해하는 데도 오랜 시간이 걸렸다. 전략환경영향평가서가 무려 700쪽이라 정확히 이해하는 것도 힘들었지만, 전문가가 만들어 놓은 자료에서 문제점을 찾는 건 더욱 힘들었다. 그래도 포기하지 않고 파고들었다.

그렇다고 학교 공부를 게을리하고 싶지는 않았다. 그러자니 쉬거나 잠자는 시간을 줄이는 방법밖에 없었다. 은율이와 노는 시간도 희생해야 했다. 은율이는 내 사정을 이해하고 지지해 주었다. 처음 며칠은 내 옆에서 열심히 자료를 들여다보고 같이 연구도 했지만, 점점 지루해하더니 혼자서 산으로 놀러가 버렸다. 특히 아롱이와 다롱이가 점점 크면서 같이 노는 맛이 생겼다며 늘 아롱다롱을 입에 달고 살았다. 절망할 순간이 머지않았지만, 시간이 허락하는 한 기쁨을 누리려는 듯 은율이는 시간만 나면 은율산을 어루만지며 지냈다.

나는 하나씩 문제점을 정리했다. 먼저 지하수 개발가능량은 최대치로 올리고 1인당 사용량은 줄이는 방식으로, 수치상 문제없게 만들어 놓은 점을 지적했다. 공사 중 대기오염물질이 마을에 주는 피해를 입증하는 시뮬레이션 기법이 잘못됐다는 점도 지적했다. 은율산을 속속들이 알기에 동식물상 보고서에 빠진 부분을 많이 찾아낼 수 있었다. 평가서에는 멸종위기종인 둥글이와 포실이도 없었다. 개발되면 수많은 멸종위기종과 천연기념물들이 큰 피해를 볼 게 분명한데도,

전부 다른 데로 옮겨가서 잘 살 거라는 예상을 보고는 헛웃음이 나왔다. 일일이 잘못을 꼽아서 개발로 인한 피해가 복구 불능임을 입증했다.

가장 중요한 게 있었다. 바로 산림조사서였다. 산림 수준이 어떤지 조사해서 일정 기준 이상이면 산지를 개발하지 못하도록 막는 법이 있는데, 그 법이 정한 기준을 넘지 않는다는 점을 입증한 서류가 산림조사서다. 그 남자가 했던 말이 떠올랐다.

"서류가 중요해, 현장이 아니라."

사각형을 이루는 빨간 페인트가 바로 이 산림조사서와 관련이 있다는 걸 알아냈다. 서류가 중요하다고 했지만, 서류는 현장을 기반으로 만든다. 산림조사서에 문제가 있다는 걸 밝히려면 산에 직접 가봐야 한다.

여름방학 동안 나와 은율이는 빨간 페인트가 칠해진 곳들을 찾아다녔다. 비바람에 색이 바랬지만 찾는 게 어렵지는 않았다. 물론 찾는다고 끝이 아니었다. 서류에 나온 위치와 내가 찾은 곳이 맞는지 확인해야 했다. 그러려면 GPS가 필요해서 대책위에 부탁해 스마트폰을 빌렸다. 스마트폰으로 위치를 확인하고, 서류와 현장을 꼼꼼하게 확인했다. 면적도 정밀하게 쟀다. 실측해 보니 법 기준보다 10~20% 정도 좁았다. 나무 두께와 크기도 중요한데 그것도 실제와 달랐다. 결괏값을 종합해서 계산해 보니 법에서 정한 기준치를 넘어간 곳이 꽤 많았지만, 서류에는 단 한 곳도 기준치를 넘어간 곳이 없다고만 나왔다. 모조리 가짜요, 거짓말이었다.

전체 산 모양과 지도를 그려보니 조사구역 설정에도 문제가 많았다. 격자로 반듯하게 설정하면 굵고 큰 나무가 빽빽한 숲이 있는데, 나무가 작고 드문 곳에 조사구역이 집중되어 있었다. 의도가 뻔히 보이는 조사구역 설정이었다. 이런 문제점들도 모두 적었다.

　자료를 다 만들고 보니 무려 350쪽으로, 700쪽인 전략환경영향평가서의 절반이나 되었다. 뜨거운 여름이라 더 힘들었지만 작은 가능성을 발견해서 몹시 기뻤다. 내가 만든 자료를 먼저 할아버지에게 보여줬다. 할아버지는 봐도 모르겠다면서 대책위 위원장님을 불렀다. 위원장님은 내가 만든 자료를 보고 감탄하면서, 자료가 너무 기니 핵심만 요약해서 별도로 앞에 싣는 게 어떠냐고 제안했다. 그래서 그날 밤 바로 요약자료를 만들었다.

　"이거 시에도 제출하고, 기자회견도 하자."

　이틀 뒤, 위원장님이 시청을 찾아간다고 했다. 나와 할아버지, 은율이도 함께 시청으로 갔다. 자료도 복사해서 제본했다. 은율이는 무거운 자료를 번쩍 들면서 희희낙락했다. 은율이는 기자회견만 하면 관광단지를 막을 수 있다고 믿는 것 같았다. 물론 나는 그런 희망 따위는 없었다. 그저 큰 호수에 조그만 돌멩이 하나를 던져서 작은 파장이라도 만들고 싶었다. 순진하게 당하기만 하는 꼴을 보이긴 싫었다. 임꺽정처럼은 못 해도 잘못된 세상을 향해 소리라도 질러보자는 마음이었다.

　위원장님은 시청 기자실을 찾아서 자료를 배포하고 기자회견을 했다. 위원장님은 내가 분석한 자료를 완벽하게 이해하고 설명했다. 기자들도 꽤 뜨거운 반응을 보였다. 그러다 한 기자가 예상치 못한 질문을 했다.

"자료를 보니까 꽤 방대한데, 마을 분들이 만들었을 리는 없고 도대체 누가 만들었습니까?"

위원장님은 당황하더니 잠깐 나를 보고는 기자에게 대답했다.

"누가 만들었는지는 밝힐 수 없습니다. 중요한 건 누가 만들었는지가 아니고, 허가해 준 서류에 문제가 아주 많다는 점입니다."

"아니죠. 아니죠. 위원장님! 누가 만들었는지는 매우 중요합니다. 전문성도 없는 사람이 마구잡이로 주장하는 걸 뉴스에 실을 수는 없죠."

"기자에게는 진실이 중요하지 않나요?"

"진실이 중요하니까 누가 만들었는지 알고 싶다는 거 아닙니까? 누가 만들었는지 알아야 믿든지 말든지 하죠."

"근거를 보세요, 근거를! 모두 법률과 규정에 따라……."

"그러니까 누가 만들었는지는 못 밝히시겠다는 거네요."

그 기자는 노트북을 소리 나게 덮었다. 기자실 분위기가 차갑게 식어갔다.

"은석이가 했어요."

갑자기 은율이가 불쑥 나섰다.

"은석이가 누구죠?"

기자 눈빛이 사악하게 번뜩였다.

"여기 제 친구예요."

돌이킬 수 없는 상황이었다. 나는 한 걸음 앞으로 나갔다.

"그러니까 저 어린 학생이 이 방대한 자료를 만들었다는 말이네요. 산을 돌아다니면서 조사도 하고, 천연기념물이 뭔지 알아보기도 하고, 지하수 예상량도 산출하고, 대기 시뮬레이션도 해보고……."

비웃음이 찐득찐득하게 흘러내렸다.

"지금 은석이를 무시하는 거예요? 은석이가 얼마나 똑똑한데……."

은율이가 크게 소리를 질렀다.

"학교 공부는 잘하겠지. 나 참, 어이가 없어서. 기자가 한가한 줄 알아요? 어린애가 만든 자료나 뿌리면서, 이 큰 사업에 무슨 심각한 문제라도 있다는 듯이 기자회견을 하고. 정신들 차려요! 사람들이 할 짓이 있고, 안 할 짓이 있지 말이야."

기자에게서 교장 선생님 그림자가 어른거렸다. 어쩌면 저 기자도 그 시의원이나 시장과 이어진 사람인지도 모르겠다는 의심이 들었다. 확인할 수는 없겠지만 아마 그럴 것이다. 더러운 인간들, 시궁창에서 뒹구는 주제에 너희는 깨끗하라고 훈계하는 위선자들.

"지하수 개발가능량을 계산하는 건 자격증이 필요 없습니다. 나무 두께와 면적은 측정도구만 있으면 누구나 잴 수 있는 거고요. 정부에서 세워둔 기준과 규정은 전문가가 아니어도 이해할 수 있으니까요.

직접 확인해 보세요. 자료를 읽어보세요. 기준과 규정에 어긋난다는 사실이 중요하지, 그걸 누가 말했는지가 왜 중요하죠? 똑같은 주장인데 누가 말했는지가 도대체 왜 중요한가요? 제가 말하면 거짓이고, 대학교수가 말하면 진실이 된다는 건가요?"

내 항변은 울림 없는 메아리였다. 기자들은 더는 내 말을 듣지 않았다. 몇몇은 딴짓하고, 몇몇은 큰소리로 통화했으며, 몇몇은 아예 기자실을 박차고 나갔다.

대책위 돈으로 인쇄해서 나눠준 자료를 챙기는 기자는 없었다. 우리 보는 데서 대놓고 쓰레기통에 버리는 기자도 있었다. 위원장님 얼굴이 붉으락푸르락 달아올랐다. 위원장님은 책상을 쾅 내리치더니 기자실을 빠져나갔다.

"이왕 왔으니 담당 공무원에게도 이 자료를 전해야 하지 않겠어?"

시청을 빠져나가려는 위원장님을 할아버지가 설득해서 담당 공무원을 찾아갔다. 담당 공무원은 위원장님이 내미는 자료를 시큰둥하게 받더니 그 기자와 똑같은 질문을 했다.

"대책위 위원장님이시라고요?"

위원장님이 훨씬 나이가 많은데도 공무원은 아랫사람 대하듯이 했다.

"네, 제가 대책위 위원장입니다."

"그나저나 이 두꺼운 자료를 누가 만들었어요?"

위원장님은 적당한 답을 찾지 못하고 머뭇거렸다.

"조금 전에 기자회견 하셨죠?"

이 공무원은 모든 걸 알고 있었다.

"너냐?"

공무원이 거만하게 나를 봤다.

"기자들처럼 제 나이를 따지실 건가요?"

나는 일부러 선수를 쳤다.

"흥! 뭐, 알았어요. 가보세요."

"관광단지가 아주 문제가 많아요. 우리 마을은 다 지하수를 쓰는데 지하수개발량도 엉터리로 잡았고, 오염물질도 엄청 많이 나오는데 전부 축소했어요. 그리고 나무를……."

"아, 알았으니까 가세요. 읽어본다고 했잖아요. 바쁜데 정말……."

공무원이 버럭 짜증을 냈다.

책상 아래로 내려놓은 위원장님 손에 핏줄이 섰다. 끓어오르는 분노를 참고 있던 위원장님은 천천히 자리에서 일어났다.

"잘 부탁합니다. 꼭 좀 읽어보시고 잘 검토해 주세요."

"뭐, 알았어요."

공무원은 우리 쪽은 쳐다보지도 않고, 우리가 건넨 자료를 책상 귀퉁이에 던져버렸다. 시간 내서 읽어볼 사람이 아니었다. 먼지 같은 기대조차 사치인 인간이었다.

위원장님 차에 탔는데, 태양이 우리를 벌주려고 작정했는지 차가

건조기 안처럼 뜨거웠다.

"미안해. 내가 괜히 나서서……."

차에 오르자마자 은율이가 울먹였다.

"아니야. 네 탓이 아니야. 그 기자는 이미 내가 만든 걸 알고 있었어. 그 시의원이 알려줬을 거야. 그 시의원은 내가 어떤지 잘 알잖아. 그러니까 네가 아니라 그 시의원 탓이야."

내가 위로했지만 은율이는 울음을 멈추지 못했다.

방법이 없었다. 아무리 사실을 바탕으로 진실을 호소해도, 기자들도 공무원들도 들을 낌새조차 보이지 않았다. 그들에게는 권위가 중요했다. 그들에게는 진실보다 전문가라는 간판이 중요했다. 문득 도움을 주겠다는 그 남자가 떠올랐다.

"저, 위원장님, 전화 좀 잠깐 빌릴 수 있을까요?"

나는 위원장님 전화를 빌려서 그 남자에게 전화를 걸었다. 그 남자는 곧바로 전화를 받았다. 내 소개를 한 후 상황을 설명하고 도움을 요청했다.

"그러니까 나한테 산림조사서가 제대로 된 게 아니란 걸 보증해 달라고?"

"몇 군데만 조사해 보시고 문제점을 지적해 주실 수 없을까요? 명함을 보니까 자격증이 있으시던데……."

"도와주고 싶지만……."

이번에도 실패였다.

"나도 회사에 소속된 사람이라 어쩔 수 없어. 내가 나서면 바로 해고당할 거야. 어쩌면 손해배상 소송을 당할 수도 있고. 안 그렇더라도 일단 찍히면 이 바닥에서 취업은 포기해야 해. 다른 건 몰라도 내 이름을 걸고 도울 수는 없어."

실망했지만 비난할 수는 없었다.

"죄송해요, 무리한 부탁을 해서."

"미안하다. 그래도 혹시 모르니까 네가 만든 자료, 메일로 보내줄 수 있을까?"

그래봤자 변하는 건 없겠지만 그러겠다고 약속했다.

전화를 끊고 나니 더 기운이 빠졌다. 동네까지 돌아오는 길은 따갑고 눅눅했다. 태양이 우리만 따라오면서 계속해서 괴롭혔다.

"할아버지, 은율산을 저만큼 잘 아는 사람은 없어요. 오늘 아침에 나비가 얼마나 많은 꿀을 땄는지, 어떤 꽃이 새롭게 예쁜 꽃봉오리를 피워냈는지, 나무들이 합창으로 빚어낸 아침 빛깔이 얼마나 아름다웠는지, 뿌리샘에서 솟아난 물이 오늘 아침에는 어떤 맛이었는지 저는 다 알아요. 그런데 기자나 공무원들은 전문가가 저보다 은율산을 잘 안다고 믿나 봐요. 은율산이 얼마나 아름다운지 경험한 적도 없는 전문가들이 어떻게 은율산을 더 잘 안다는 거죠? 은율산을 저보다 사랑하는 사람은 없는데, 왜 사람들은 제 말을 들으려고 하지 않을까요?"

어른들은 아무도 은율이 질문에 답하지 않았다. 이슬보다 맑은 눈물이 은율이 두 볼을 타고 하염없이 흘렀다. 슬픔이 은율산을 뿌옇게

적셨다.

그다음 날, 우리는 대답을 들었다. 시에서 온 확실한 대답이었다. 서류로는 오지 않았다. 전화로도 오지 않았다. 그 대신 노란 띠와 경고 문이 어제 한 기자회견에 대한 답을 대신했다.

"경고. 이곳은 은율산관광개발컨소시엄이 소유한 사유지이므로 모든 외지인 출입을 금함. 허가 없이 출입하면 법에 따라 민형사상 책임을 물을 것임을 엄중히 경고함."

마을 뒷산이 갑자기 금지구역이 되었다. 마을 사람은 졸지에 외지인이 되었다.

하루아침에, 은율이는, 자기 세상을, 몽땅 **빼앗겼다**……. 슬픔이 분노가 되어 흘렀다.

06
순수한 영혼

은율이는 2학기 개학을 손꼽아 기다렸다. 10월 학교 축제에 선보일 연극에 대한 기대감 때문이었다. 수요일 하루 연습으로는 부족해서 금요일에도 늦게까지 연습할 만큼 은율이는 연극에 열성을 쏟았다. 방학 내내 틈만 나면 연습해서 역할을 완벽하게 익혔고, 늘 즐거워했다. 그러나 은율산이 출입 금지구역이 된 뒤로 은율이는 웃음을 잃었다. 연극반이라는 말만 꺼내도 신나서 떠들었었는데, 연극반 첫 모임에 갈 때까지도 시무룩했다. 다행히 연극반 모임을 마치고 나서는 얼굴이 조금 밝아졌다. 연극은 은율이에게 기쁨이요, 활력이었다. 정말 다행이었다, 그나마 연극이라도 있어서.

마을에서는 비밀리에 시위를 준비했다. 이대로 당할 수는 없다면서 대책위 위원장님이 시위를 추진했다. 이장님을 비롯해 업자 쪽에 붙은 마을 사람들 몰래 준비하려다 보니 더 오래 걸렸다. 어른들은 시위용품을 만들 줄 몰라서 나와 은율이가 인터넷을 찾아보며 하나씩 만들었다. 필요한 물품이 얼추 준비되자 날짜를 잡고, 집회 신고는 시위 바로 전날 오후에 했다. 마을에서 출발하는 버스가 지나가는 곳이 시위 장소라서 전세버스는 따로 빌리지 않았다.

점심을 먹고 버스를 타려고 마을 사람들이 모였다. 그제야 집회 소식을 들었는지 이장님이 노발대발하며 나타났다.

"뭐 하는 짓이야? 마을을 망하게 하려고 작정했어?"

이장님이 시위용품을 뺏으려고 달려들었다.

우리 할아버지와 위원장님이 이장님을 몸으로 막는 사이에, 다른 할아버지 할머니들은 시위용품을 챙겨서 버스에 올랐다. 다들 나이가 든 탓에 몸이 느렸다. 나와 은율이는 어르신들이 버스에 오르는 걸 도왔다. 이장님은 점점 거칠게 굴었고, 험한 욕을 쏟아냈다. 이장님이 하는 짓은 거의 난동 수준이었다. 날뛰는 이장님을 말리던 할아버지가 밀려 넘어졌다. 위원장님 혼자서 이장님을 막기에는 역부족이었다. 위원장님은 이장님 팔뚝을 잡았다가 놓치면서 뒤로 떠밀려 차 벽에 부딪혔다. 위원장님 얼굴이 일그러졌다. 막았던 두 사람이 사라지자 이장님은 곧바로 버스 앞문으로 달려들었다. 이장님이 버스에 들어오면 시위용품을 부수고, 어르신들을 버스에서 쫓아내려고 할 게 뻔했다. 예상치 못한 위기였다.

이장님이 버스 손잡이를 잡는 순간, 은율이가 그 손목을 움켜잡았다.

"비켜!"

은율이는 물러서지 않았다.

"계집년이 어디서!"

이장님이 손을 확 잡아당기자 은율이가 움켜잡았던 손을 놓아버렸다. 이장님은 제힘에 밀려 뒤뚱뒤뚱 뒷걸음질을 쳤다.

"이년이……."

이장님은 주먹을 쥐고는 은율이에게 달려들었다. 이장님은 인정사정 두지 않고 버스 문을 가로막고 선 은율이에게 주먹을 휘둘렀다. 은율이는 얼굴로 날아오는 주먹을 가볍게 피했다. 허공을 가른 주먹은 버스 벽을 세게 때렸다.

"아아악!"

이장님은 왼손으로 오른 주먹을 움켜쥐고는 신음을 토하며 바닥에 꿇어앉았다. 그 사이에 할아버지와 위원장님이 버스에 올랐다. 버스기사는 재빨리 버스 앞문을 닫고 액셀을 밟았다. 이장님은 출발하는 버스 앞문을 두드리며 심한 욕설을 쏟아냈다. 버스는 이장님을 뒤로하고, 은율산 자락을 돌아서 시내를 향해 달렸다. 버스를 타고 가면서 위원장님은 시위 방법을 반복해서 설명했다. 처음에는 위원장님이 선창하면 따라서 구호를 외치는 연습을 했는데, 위원장님이 힘들어해서 은율이가 선창하기로 했다. 버스 안이 꽤 시끄러웠지만, 버스기사는 아무런 제지도 하지 않을 뿐만 아니라 차를 최대한 부드럽게 몰면서 우리를 배려했다.

시위 장소가 점점 가까워졌다. 뉴스나 인터넷으로만 보던 시위를 직접 하려고 하니 긴장이 됐다. 다들 점점 말수가 줄었다. 승객들은 시골 노인들이 피켓을 든 모습을 힐끔힐끔 살폈는데 괜히 눈치가 보였다. 일요일이라 승객이 많지 않아서 그나마 다행이었다. 버스가 사거리에서 섰다. 이제 좌회전 후 조금만 더 가면 버스정류장이다. 떨리는 가슴을 가라앉히려고 애쓰며 차창 밖으로 부산하게 돌아가는 거리에 눈을 두었다.

사람들은 다들 서로에게 무관심하다. 시위한다고 해서 우리 처지를 이해하고 지지하는 사람이 생길지도 의문이었다. 그저 자기밖에 모르는 군중들이 뒤범벅된 번화한 시내에서, 우리는 아니 나는 아무 의미도 없는 몸부림을 치는 건 아닐까?

고등학생쯤 되어 보이는 여자가 강아지 인형을 안은 채 행복한 표정으로 문구백화점을 나서고 있었다. 그 여자는 정면에 산처럼 솟은 거대한 쇼핑센터를 한참 동안 바라보더니 횡단보도 쪽으로 몸을 돌렸다. 그때였다. 그 옆으로 택시가 급정거하더니 택시 문이 벌컥 열리고 남자 승객이 뛰어내렸다. 옷이 피범벅이었다. 깜짝 놀라서 자세히 보니 피투성이가 된 고양이를 감싸 안고 있었다. 남자는 '24시간 응급 동물치료'라는 간판이 붙은 동물병원으로 뛰어 들어갔다. 뒤이어 택시에서 내린 여학생이 손을 휘저으며 따라 들어갔다. 고양이가 겪는 비극이 어쩌면 우리 마을이 겪을 운명과 맞닿아 있을지도 모른다는 상념에 등골이 서늘했다.

신호등이 바뀌고 버스는 곧바로 좌회전했다. 위원장님이 먼저 내렸고, 마을 어른들이 버스에서 무사히 내리도록 나와 은율이가 도왔다. 버스에서 내린 어른들은 우왕좌왕했다. 위원장님도 주변을 살피며 어떻게 할지 갈팡질팡했다. 아직 버스에 몇 분이 남아 있었다.

"내가 먼저 나갈게."

은율이가 버스에서 뛰어내렸다.

"위원장님이 여기 서시고, 미순 할머니가 그 앞에 서세요. 그리고 다른 분들은 그 왼쪽으로 두 줄로 나란히 서세요. 앞에는 할머니들, 뒤에는 할아버지들이 서야 뒷사람이 안 가려져요. 뒤에 서신 분들은 구호를 외칠 때 피켓을 높이 올렸다 내렸다 하세요."

은율이가 손짓을 해가며 어르신들을 지휘하자 질서가 잡혔다.

"이제 연습한 대로 구호를 외칠게요. 다시 말씀드리지만 구호를 외칠 때는 피켓을 높이 드셔야 해요. 버스에서 연습한 대로만 하세요. 제가 먼저 할게요."

은율이가 몸을 돌리더니 피켓을 높이 쳐들며 크게 구호를 외쳤다.

"농촌마을 파괴하는 관광단지 반대한다!"

은율이가 외친 구호가 버스 안까지 크게 들렸다.

"반대한다! 반대한다!"

마을 어른들은 피켓을 치켜들며 은율이가 마지막에 한 낱말을 두 번 반복했다.

"환경파괴 유발하며 환경교육 웬 말이냐?"

"웬 말이냐! 웬 말이냐!"

구호는 계속 이어졌고, 나는 마지막으로 버스에 남아 있던 박옥자 할머니를 부축하며 버스에서 내렸다. 나는 할머니를 부축해서 시위대 맨 끝줄에 섰다. 할머니가 피켓을 드는 걸 도와주고 바로 옆자리에 서려다가 쇼핑센터에서 나오는 사람과 부딪혔다.

"앗, 죄송합니다."

나는 재빨리 사과했다.

"어휴, 하마터면 놓칠 뻔했네."

중 3이나 고 1 정도로 보이는 여자였는데 날씬하고 키가 제법 컸다. 눈이 내 머리보다 위에 있었다. 말투는 당황한 듯했지만 얼굴은 밝았다.

"괜찮아요. 어?"

여자가 내 얼굴을 빤히 봤다. 눈동자에서 흰빛이 번쩍였다. 괴이한 눈이었다.

"잘생긴 얼굴만큼 영혼도 순수하네."

여자 눈이 점점 커졌다.

"얼룩지면 안 될 텐데……."

여자는 알 듯 모를 듯한 말을 중얼거렸다.

"나단아. 뭐 해? 빨리 가자."

"어, 알았어."

여자는 채소와 고기가 가득 든 장바구니를 고쳐 잡더니 나에게 한쪽 눈을 찡긋했다. 버스정류장으로 가는데 걸음걸이가 마치 구름 위를 흐르는 듯했다.

"친환경 농업 파괴하는 관광단지 거부한다!"

은율이가 외치는 구호가 들렸다. 정신 차리고 시위에 집중했다. 피켓을 위로 들며 나도 따라 외쳤다.

"거부한다! 거부한다!"

버스를 타려는 사람, 쇼핑센터로 들어가는 사람, 쇼핑을 마치며 나오는 사람들이 나를 힐끗힐끗 보며 지나갔다. 내게 시선이 쏠리는 게 느껴졌다.

"물러가라! 물러가라!"

박옥자 할머니가 피켓을 들며 꿋꿋하게 구호를 외쳤다. 괜히 남들 시선에 흔들린 내가 부끄러웠다. 힘을 냈다. 피켓을 높이 들면서 꿋꿋하게 구호를 외쳤다.

"돈보다 사람이다. 관광단지 취소하라!"

'취소하라'를 따라 외치려고 할 때였다.

바닥에서 진동이 느껴졌다. 지진 같았다. 박옥자 할머니가 중심을 잃고 넘어지려고 해서 얼른 부축했다. 조금 뒤, 또다시 진동이 일었다. 책이나 인터넷에서만 접한 지진을 직접 겪으니 정신이 혼미해졌다.

"다들 이쪽으로 모여서 몸을 낮춰요."

은율이가 빠르게 위기에 대처했다. 어르신들은 서로 기대며 한 곳으로 모였다. 나는 피켓을 바닥에 놓고 박옥자 할머니를 부축했다. 진동이 점점 강해지더니 폭탄이 터지는 듯한 굉음이 울렸다. 쇼핑센터 입구 바로 옆 공터가 갈라지며 물이 하늘로 솟구쳤다. 물은 분수처럼 치솟더니 회오리로 바뀌었다. 이해할 수 없는 현상이었다. 곧이어 물 회오리 안에서 노래가 들렸다.

발길이 끊어진 외로운 길 위에
울음도 떠나간 무너진 집 앞에~ ♪ ♭

회오리는 점점 강해졌고, 그에 맞춰 노랫소리도 커졌다. 공포스러운 상황에 다들 두려움에 떨며 그 자리에서 도망치려고 했다.

곰팡이 얼룩진 비릿한 벽 안에
어둠도 외면한 새까만 꿈속에~ ♪ ♫

회오리는 맹렬하게 몰아치며 주위 공기를 빨아들였다. 피켓 몇 장이 회오리 속으로 빨려들며 박살 났다. 도망치려던 사람들은 회오리가 일으키는 바람에 쓰러지고 엎어졌다. 심지어 사람마저 회오리 쪽으로 빨려들었다. 말 그대로 아비규환이었다. 버스에서 보았던, 인형을 든 여자가 회오리에 빨려들고 있었다. 위험한 순간이었다. 누가 내민 손을 잡지 않았다면 큰일 날 뻔했다.

맹렬하게 휘몰아치던 회오리가 갑자기 땅으로 꺼지면서 사라졌다. 주변은 온통 난장판이었다.

"괜찮으세요?"

"이 정도는 끄떡없어."

박옥자 할머니가 내 손을 꼭 잡더니 내 어깨를 쓰다듬었다.

"6.25 난리 때에 견주면 이건 난리 축에도 못 껴."

할머니는 놀란 기색이 전혀 없었다.

"뭣들 해. 젊은것들이 이 정도에 놀라고. 하던 거 마저 해야지."

박옥자 할머니 말에 피식 웃음이 나왔다. 하기는 내년이면 백 세가 되는 박옥자 할머니 눈에는 70, 80세도 '젊은것들'일 터였다. 다들 옷을 털며 다시 일어나 줄을 맞춰 섰다.

우리는 다시 구호를 외쳤다. 그 이전보다 더 크게 외쳤다. 거리는 혼란스러웠지만 아랑곳없이 우리가 알리고 싶은 억울함을 세상에 풀어놓았다. 무전기 소리가 들리더니 제복을 입은 경찰관이 나타났다. 경찰관은 위원장님에게 가더니 손을 휘저었다.

"저쪽으로 가세요."

"아니, 여기에 집회 신고를 했는데 왜 가요?"

"사고가 났잖아요. 사고를 수습해야 하는데 여기서 시위하면 방해가 되지 않습니까?"

잠시 뒤 '긴급정비'라는 글자를 단 차량이 나타났다. 붉은 옷을 입은 사람들이 사고현장 주변에 노란 테이프로 경계를 만들었다.

"위험하니까 저쪽으로 갑시다. 예?"

경찰은 설득 반 협박 반으로 위원장님을 다그쳤다.

"상황이 그러면 어쩔 수 없지. 위원장 저쪽으로 자리를 옮기세."

할아버지가 제안했다.

우리는 질서 있게 줄을 맞춰 100m쯤 떨어진 곳으로 이동했다. 박옥자 할머니 걸음이 느려서 나는 조금 뒤처진 채 할머니와 함께 일행을 따라갔다.

"저기……."

은율산 깊은 골짜기, 까만 밤하늘을 배경으로 빛나던 직녀성 같은 눈동자를 빛내며 한 여자가 말을 걸었다.

"혹시 전단지를 구할 수 있을까?"

"전단지라뇨?"

"나이 든 어르신들이 이렇게까지 반대하는 까닭을 자세히 알고 싶어서. 피켓만 봐선 이해가 안 되거든."

그제야 나는 내 준비가 부족했음을 알아챘다. 우리 주장을 자세히 알리려면 전단지를 만들어 나눠 주어야 했다.

"그게, 아직 못 만들어서……."

"서명도 받아서 시에 내면 더 좋을 거야."

"조언 감사합니다."

직녀성 입술 위로 은율이가 행복했을 때 지었던 웃음꽃이 피어났다.

"할머니, 내년에 백 세 잔치 잘하세요."

"아가씨가 내 나이를 어찌 알고?"

박옥자 할머니가 물었지만 직녀성을 닮은 이는 머리카락을 휘날리며 군중 사이로 사라져 버렸다.

다시 자리 잡은 곳은 골목 바로 앞이라서 처음 위치보다는 사람들 발길이 드물었다. 조금 전처럼 구호를 외치는데 덩치 큰 남자 다섯이 험악한 말을 쏟아내며 시위를 방해했다.

"좋은 휴일에 이게 뭔 개 같은 짓이야?"

"길 한복판에서 짜증 나게 꽥꽥거리는 꼴 좀 봐."

"늙었으면 아랫목에 곱게 앉아 있을 것이지, 이게 뭐 하는 짓일까?"

"다~ 지역을 위해서 하는 일인데, 하여튼 우리나라 노친네들은 님비 근성이 쩔어요."

도저히 그냥 내버려 둘 수 없는 행패였다.

"뭐 하는 짓이야?"

위원장님이 나섰다.

"빨갱이 대장님이신가?"

"빨갱이라니? 어디서 어린놈이?"

"허, 어리대. 야, 내가 어리댄다."

앞장선 놈이 같이 온 패거리들을 보며 어깨를 으쓱했다. 짧은 머리카락에 얼굴 한쪽에 깊이 팬 흉터가 저절로 험악한 인상을 자아냈다. 뒤에 선 놈들은 하나같이 어깨가 넓고 덩치가 컸다.

"아이고, 형님. 좋으시겠습니다. 어려 보이시나 봐요."

패거리들이 깔깔거리며 억지로 호탕한 척 웃었다.

일부러 접근한 놈들이었다. 이런 짓을 할 배후는 뻔했다. 건설업자 아니면 시의원일 것이다.

"어린놈이 보자 보자 하니까."

위원장님이 나서서 앞장선 놈을 밀었다.

"어쭈! 밀었다 이거지."

기다렸다는 듯이 곧바로 그자는 위원장님을 확 밀어버렸다. 그 바람에 근처에 있던 할머니들과 할아버지들까지 우르르 넘어졌다.

"야!"

은율이가 피켓을 내팽개치더니 그자에게 달려들었다.

"이 애송이 꼬마 아가씨는 또 뭐야?"

그자는 가볍게 생각하고 은율이 팔을 낚아채려 했다. 은율이는 팔을 잡히는 척하더니 손목을 틀어서 새끼손가락을 움켜잡아 확 꺾어버렸다. 예전에 은율이가 나에게 가르쳐 주었던 호신술 중 하나다. 나는 몇 번이나 연습해도 제대로 하지 못했는데, 은율이는 이 긴장되는 실전 상황에서, 자신보다 머리 하나가 더 큰 건장한 어른을 대상으로 가볍게 성공시켰다.

"으아악, 내 손가락!"

비명을 지르며 그 남자는 몇 걸음 뒤로 물러났다. 새끼손가락이 손에서 덜렁거렸다.

"야, 저년이 내 손가락을 부러뜨렸어. 쌍!"

그대로 두면 큰 싸움이 벌어질 듯했다. 학교에서 은율이가 애들을 상대로 싸우는 걸 몇 번 봤었고, 가볍게 승리할 만큼 은율이는 강하다. 그러나 상대는 어른, 언뜻 봐도 조직폭력배 같았다. 그런 이들을 상대로 함부로 싸우면 안 된다. 더구나 우리는 시위 중이었고, 나이 드신 마을 어른들도 생각해야 한다. 나는 시위를 지켜보는 경찰에게 재빨리 다가갔다. 경찰들은 상황을 다 보면서도 수수방관하고 있었다.

"저자들이 합법 시위를 방해하잖아요. 경찰이면 막아야지, 왜 방관하세요?"

"지나가는 시민들이 항의하는 거잖아. 시위가 자유라면 항의도 자유야."

어처구니없는 논리였다.

"저게 항의로 보이세요? 시비를 걸고, 이제 싸움이 벌어지려고 하잖아요!"

덩치 큰 네 놈이 험악한 욕을 해대며 은율이를 압박해 들어갔다. 은율이는 오른발을 뒤로 빼고 주먹을 모은 채 싸울 태세를 갖췄다.

"이놈들이 어디 우리 손녀를……."

바닥에 넘어졌던 은율이 할머니가 놈들에게 달려들었다. 그와 동시에 주변에 있던 할머니들이 일제히 깡패들을 에워쌌다. 아무리 깡패라도 할머니들에게 완력을 휘두르지는 못했다. 그자들이 휘두르는 손에 은율이 할머니가 밀려서 바닥에 넘어졌다.

"아이고, 깡패가 사람 치네! 아이고 시민 여러분, 깡패가 사람 쳐!"

은율이 할머니가 대성통곡하니 주변에 지나가던 사람들이 무슨 일인가 하며 몰려들었다. 어떤 이는 휴대전화를 꺼내 영상을 촬영하기도 했다.

"아씨, 이거 뭐야!"

놈들은 짜증을 내면서 뒤로 물러나려고 했으나 할아버지 할머니들이 빙 둘러싸는 바람에 도망가지도 못했다. 사람들이 꺼내 든 휴대전화 수십 대가 그 장면을 찍어댔다. 그때까지 지켜만 보던 경찰이 무전으로 "출동!"이라고 말했다. 그와 동시에 골목 뒤에서 제복을 입은 경찰 수십 명이 한꺼번에 달려왔다. 그러고는 다짜고짜 할아버지 할머니들을 끌고 갔다.

"뭐 하는 짓이에요? 깡패들을 놔두고 왜 우리 동네 어르신들을 잡아가요?"

내가 항의했지만 소용없었다.

은율이는 안 잡혀가려고 경찰을 발로 차려고 했다. 경찰을 때리면 안 된다. 그랬다가는 일이 커진다.

"은율아! 그러지 마!"

나는 있는 힘껏 소리를 질렀다.

그 소란 속에서도 은율이는 내 말을 들었는지 차려던 발을 그대로 멈췄다. 경찰은 은율이도 잡아서 끌고 갔다.

"이놈들이, 이놈들이 생사람을 잡아가네."

박옥자 할머니가 노발대발하며 경찰에게 달려들었다. 할머니 기세에 놀란 경찰들은 어쩔 줄 몰라 했는데, 뒤늦게 나타난 여경들이 할머니를 내리눌렀다. 할머니를 거들다가 나도 경찰에 붙잡혔다. 동네 사람들은 모두 골목 뒤편에 주차된 경찰버스에 갇혔다. 경찰은 미리 이곳에 대기하고 있었다. 깡패 같은 놈들이 일부러 도발했고, 경찰은 그 도발에 마을 사람들이 넘어가기를 기다리고 있었던 모양이다. 그들은 함정을 팠고, 우리는 걸려들었다. 썩은 내가 진동하는 세상이었다. 심장에서 불이 일었다.

철창으로 막힌 경찰차에 실려 경찰서로 끌려갔다. 남자 여자 따로 버스를 타서 은율이와 할머니들 상태가 어떤지는 알 수 없었다. 경찰서에 와서도 안부를 확인할 길이 없었다. 경찰은 우리를 유치장에 가둬놓고 한 명씩 불러서 조사했다.

이름과 학교를 확인하더니 더는 조사하지 않고, 어린 학생은 공부나 하라면서 이런 데 참가하지 말라는 썩은 내 나는 연설을 늘어놓았다. 절망과 역겨움에 헛구역질이 나오는 걸 가까스로 참으며 긴 시간을 버텼다.

거의 밤 11시가 돼서야 경찰은 나를 풀어주었다. 마을 사람들을 한꺼번에 풀어주지 않고 한 명씩 한 명씩 나가게 했다. 다 모이는 데 30분이나 걸렸다. 다행히 박옥자 할머니도 은율이와 함께 아주 씩씩하게 걸어 나왔다.

마을로 돌아갈 일이 막막했다. 버스도 다 끊기고, 스물일곱 명이나 되는 사람들이 모두 택시에 나눠 타고 갈 수도 없는 노릇이었다. 마을까지 너무 멀어서 택시비가 부담스러웠다. 하는 수 없이 위원장님을 비롯한 어른들이 이 사람 저 사람에게 전화해서 태우러 와달라고 부탁했다. 자정이 다 된 시각이라 부탁할 만한 사람을 찾기도 어려웠다. 겨우겨우 몇 분이 태우러 온다고 했는데, 차가 바로 나타나는 건 아니었다. 우리 동네가 워낙 시골이라 한참을 기다려야 했다. 밤 12시 30분이 지나서야 차량이 한 대씩 나타났다. 먼저 나이가 많거나 몸이 불편한 분 순으로 차에 태웠다.

다 떠나고 위원장님과 우리 할아버지, 나와 은율이, 은율이 할머니만 남았다. 더는 올 차가 없었다. 하는 수 없이 택시를 불렀다. 택시비가 꽤 많이 나오겠지만 방법이 없었다. 동네에 도착할 때까지 택시 안에는 무거운 침묵이 감돌았다. 모두 몸도 마음도 지친 상태였다. 항상에너지 넘치는 은율이마저 기진맥진했다. 경찰은 우리를 지치게 만들려고 붙잡아 갔다. 죄가 없다는 걸 알면서도 오랫동안 붙잡아 두었다. 차가 끊기는 시각까지 질질 끌어 동네로 돌아가기 힘들게 만들려는, 생고생시키려는 의도였다. 경찰까지도 마음대로 부리는 힘은 도대체 뭘까? 악취에 찌든 그물망은 얼마나 넓게 퍼져서 우리를 옥죄고 있는 것일까?

택시에서 내린 은율이는 할머니와 함께 터덜터덜 걸어갔다. 은율이 어깨가 축 처져 땅으로 꺼질 듯했다. 그대로 보내기가 싫었다.

"은율아!"

내가 불렀다.

은율이가 힘없이 몸을 돌렸다.

"오늘 멋졌어!"

나는 엄지를 추켜세웠다.

은율이가 희미한 가로등 불빛 아래서 억지로 웃었다. 은율이는 할머니 손을 잡더니 느릿하게 걸음을 옮겼다. 은율이를 뒤따르던 가로등 불빛이 점점 뒤처지더니 은율이가 어둠으로 사라졌다.

'저게 뭐지?'

온몸이 새빨간 나비가 가로등 아래에서 느릿하게 날갯짓하고 있었다. 좀 전까지 가로등 불빛 아래 숱하게 날아다니던 나방과 날벌레들은 어디로 사라졌는지 한 마리도 보이지 않았다. 조금 뒤에 또 한 마리가 나타나더니 서로 어울리며 불빛 사이로 날아다녔다.

'이 시간에 나비가, 그것도 온몸이 새빨간 나비라니……'

불길한 예감이 어둠과 함께 무겁게 번졌다.

07

나락에서 떠오른 희망

학교로 가는 버스 안에서 나도 은율이도 꾸벅꾸벅 졸았다. 어제 쌓였던 피로와 좌절감에 짓눌린 탓이다. 버스에서 내려 교실까지 걸어가는데, 다리가 질질 끌리고 어깨가 구부러지고 눈꺼풀이 무거웠다. 잘 지내라는 격려도 나누지 못한 채 각자 교실로 들어갔다. 수업 시간에는 태어나서 처음으로 꾸벅꾸벅 졸기도 했다. 솔직히 수업은 들어도 그만, 안 들어도 그만일 만큼 다 아는 내용이었다. 하지만 수업시간에 예의 없는 행동을 하기는 싫었는데 어쩔 수 없었다. 아무리 잠을 적게 자도 이렇게 힘든 적은 한 번도 없었다. 하루 내내 농사일을 돕고, 밤 2~3시에 잠이 들었다가 6시에 일어났을 때도 이렇게 힘들지는 않았다. 육체가 힘든 게 아니었다. 정신이 삶을 지탱할 힘을 잃어버린 탓이었다.

　점심을 먹고 나니 다시 졸음이 쏟아졌다. 자고 싶었다. 교실에서 자기는 싫었다. 사서 선생님에겐 죄송하지만 아무래도 도서관 열람실에서 자는 게 좋을 듯했다. 교실에 들르지 않고 곧바로 도서관으로 향했다. 도서관에 들어가려는데 설아가 잔뜩 굳은 얼굴로 나타났다.

　"내가…… 미안해."

　뜬금없는 말이었다.

　"뭔지 모르지만 괜찮아."

　나는 빨리 눈을 붙이고 싶었다.

　"아니야. 정말 미안해. 내가……."

　설아 눈에 눈물이 차올랐다.

　도대체 설아가 왜 이러는지 잠시 생각해 봤지만 어림할 수 있는 게 없었다.

　"사과는 받아줄 테니까 괜찮아. 나 피곤해."

　말이 뒤죽박죽이었다.

　"그게 아니야. 교장 선생님이 너를 찾으셔."

　교장 선생님이라는 말에 속이 메스꺼워졌다.

　"날 왜……?."

　무시하고 싶었지만 이유는 물어야 했다.

　"그게……."

　곧 눈물이 흘러내릴 듯했다.

"요즘 별의별 일을 다 겪어서 웬만한 일로는 충격을 안 받으니까 울지 말고 얘기해."

교장 선생님이 찾는다고 해도 전혀 겁나지 않았다. 어차피 더 떨어질 나락도 없었다.

"내가 어제 시내에 갔다가……."

흐릿하게 머리를 휘감던 안개가 빠르게 개었다.

"널 발견했어. 반가워서 인사하려고 했는데, 네가 시위하는 모습을 보고 다가가지는 못하고 그냥 사진을 찍었어. 계속 네가 외치는 구호를 듣고, 인터넷으로 기사도 검색해 보면서 정말 억울하겠다는 생각이 들었어."

"고마워."

오랜만에 진심으로 느낀 고마움이었다.

"그걸 다른 사람들에게 알려야겠다는 생각이 들어서 내 SNS에 올리고, 애들한테도 알렸는데……."

머리가 맑아지면서 상황을 빠르게 추론했다. 그리고 어찌 된 일인지를 바로 알아챘다.

"그게 교장 선생님 귀에 들어갔구나. 교장 선생님은 내가 집회에 참가한 걸 문제 삼는 거고."

설아가 고개를 끄덕였다.

"괜찮아. 그 정도는 아무런 문제도 안 돼."

"정말 괜찮겠어?"

내 상태로 봐서는 안 괜찮을지도 모르지만, 딱히 문제가 될 것도 없어 보였다.

"넌, 참 좋은 애야."

이 말도 진심이었다.

차오르던 물방울이 발그레한 볼을 타고 또르르 떨어졌다.

"교장 선생님께 가볼게. 아무 일 없을 테니까 걱정 마."

설아는 교장실 앞까지 따라와 내가 들어가는 모습까지 지켜봤다. 교장실로 들어서며 딴생각은 하지 않았다. 구토를 억누를 수 있을까? 내 걱정은 그것뿐이었다.

교장 선생님은 지난번과 달리 내가 오자마자 소파에 앉았다. 내가 막 인사하려는데 교장실 문이 열리고 은율이가 들어왔다. 은율이를 보니 침착하던 감정에 파동이 일었다. 예상치 않은 사태가 벌어질 듯했다.

"선생님이 말이야, 오늘 심히 큰 충격을 받았어. 어떻게 우리 학교 학생이 이런 불법집회에 참가하고, 경찰서까지 들락거리는지. 입이 열 개라도 할 말이 없겠지?"

뜻밖에도 잔소리가 길지 않았다. 반박하면 대화가 길어질 듯해서 입을 다물고 가만히 있었다. 그러나 은율이는 참지 않았다.

"우리 동네를 지키는 시위가 어떻게 불법이죠?"

"여기가 어디라고 큰소리를!"

은율이는 물러서지 않았다.

"불법집회가 아니었어요. 70, 80세가 넘는 할아버지 할머니들을 향해 욕을 하고 주먹을 휘두른 깡패들은 가만히 두고, 경찰이 우리만 잡아갔어요. 우리 할머니는 그 자식들한테 밀려 넘어져서 오늘 아침에 제대로 거동도 하지 못하셨어요."

"허허, 이런 버르장머리 없는……."

"심지어 내년이면 백 세인 박옥자 할머니한테도 함부로 굴었어요. 그게 어떻게 우리 잘못이에요? 경찰이 어떻게 깡패들을 지켜주고, 선량한 할아버지 할머니들만 잡아갈 수 있어요? 교장 선생님은 그게 정상으로 보이세요?"

은율이는 주먹을 쥐고 씩씩거리며 거친 숨을 몰아쉬었다.

"이봐!"

교장 선생님은 탁자를 손바닥으로 세게 내리쳤다.

"이거 보여?"

교장 선생님은 탁자 아래에서 종이를 꺼내 탁자 위로 던졌다.

"어제 네 녀석이 때린 시민이 보내온 진단서야. 선량한 시민을 폭행해서 손가락까지 부러뜨려 놓고, 뭐가 잘났다고 교장 선생님 앞에서 큰소리야, 큰소리가!"

"그놈이 동네 어른들한테 욕하고 먼저 공격했어요."

"그렇다고 손가락을 부러뜨려?"

은율이 주먹에 힘이 들어갔다. 이러다 감정을 이기지 못하고 엉뚱한 짓을 벌일까 봐 걱정이 앞섰다. 나는 얼른 은율이 손을 잡았다.

"그래서 어쩌시겠다는 거죠?"

내가 물었다.

"다친 시민이 네가 어려서 고소하거나 손해배상을 청구하지는 않겠지만, 학교에서 따끔하게 생활지도를 해달라고 요구했어. 우리는 거듭 사과하고, 학교가 할 수 있는 조치를 최대한 취하겠다고 했고."

"그래서 은율이를 정학이라도 시키겠다는 건가요?"

"징계 수위는 징계위원회에서 결정할 거야. 그리고 너도 징계 대상이야."

"저는 또 무슨 죄목인가요?"

"불법집회에 참석하고, 경찰서까지 잡혀가는 등 학생이 지켜야 할 도리를 어기고 학교 명예를 훼손했으니 당연히 처벌받아야지."

근거는 부당했다. 그 자리에서 하나하나 따질 수 있었지만 그러고 싶지 않았다. 어차피 내 말을 들을 교장 선생님이 아니었다. 변론은 징계위원회에 가서 하면 된다. 징계위원 중에는 교장 선생님처럼 꽉 막힌 인간만 있지는 않을 테니까. 물론 더 이상한 인간이 있을지도 모르지만.

쾅!

갑자기 은율이가 탁자를 두 주먹으로 세게 내리쳤다.

"이 녀석이!"

"은율아!"

은율이는 분노를 주체하지 못했다.

"안 돼!"

은율이를 옆으로 밀쳤지만 꿈쩍도 하지 않았다. 내 힘만으로 은율이를 어찌할 수는 없었다.

"제발, 은율아!"

"이, 이, 이⋯⋯."

"그러지 마. 제발!"

은율이는 주먹을 쥔 채 몸을 휙 돌려서 교장실을 박차고 나갔다.

"저, 저, 저런, 싸가지 없는!"

더러운 인간이었다. 허위를 뒤집어쓴 오물이었다. 구토마저도 아까운 인간이었다. 나는 교장에게 허리를 숙여 절을 했다. 그러고는 말없이 교장실을 나왔다.

교장실 앞에서 설아가 날 기다리고 있었다.

"은율이, 저쪽으로 뛰어갔어."

설아가 가리키는 쪽에 은율이는 보이지 않았다.

"밖에서 다 들었어. 미안해. 나 때문에 징계까지⋯⋯."

"네 잘못이 아니니 미안해하지 마. 교장 선생님은 이미 다 알고 계셨어."

은율이를 찾아야 했다. 이럴 때 은율이를 혼자 두면 안 된다. 은율이가 사라진 방향으로 가려는데 이상한 빛이 보였다. 붉은빛이 복도에 어른거리더니 나비처럼 날아다녔다. 아니 '나비처럼'이 아니라 정말 나비였다. 피처럼 진한 붉은 나비였다. 피곤한 탓일까? 아니면 진짜일까? 환상인지 확인해야 했다.

"설아야, 혹시 저쪽에 나비가 보이니?"

"나비라니?"

"붉은 나비가 안 보여?"

"전혀."

아무래도 피곤한 탓인 듯했다. 눈을 꾹 감았다가 떴다. 마치 나에게 따라오라고 하는 것 같아서 나비를 따라나섰다. 나비는 현관으로 나가더니 큰 느티나무 뒤로 나를 이끌었다. 그곳에 은율이는 없었다. 나비는 나선형을 그리며 위로 날아올랐다. 나비가 가는 곳으로 눈길을 옮겼다. 남쪽으로 길게 뻗은 나무줄기 옆으로 빨간 운동화가 보였다. 은율이였다. 나비는 은율이 신발을 빙그르르 돌더니 나뭇잎 속으로 사라졌다.

"은율아!"

대답이 없었다.

"내가 그냥 당하지는 않을 테니 걱정하지 마. 절대 너를 건드리지 못하게 할 거야. 학교 안이 안 되면 학교 밖에서라도 따질 거야."

여전히 대답이 없었다.

"너는 나를 잘 알잖아. 내가 얼마나 똑똑하고 고집이 센지."

나뭇가지 아래로 빨간빛이 다시 고개를 내밀었다.

"우리, 힘들어도 절망하지는 말자."

그것은 나에게 한 다짐이기도 했다.

빨간빛이 흔들리더니 은율이가 내 키보다 두 배는 더 높은 나뭇가지에서 훌쩍 뛰어내렸다. 은율이 눈이 붉게 물들어 있었다.

"울지 마. 너는 웃는 게 더 잘 어울려."

은율이가 나를 와락 껴안았다.

나는 아무 말 없이 은율이가 내뱉는 울림을 온몸으로 받아들였다.

오후에는 집중력을 다시 끌어올렸다. 흐리멍덩한 두뇌와 물러터진 감정으로는 흉악한 장애물을 넘지 못하기 때문이다. 큰 좌절을 겪었지만, 어쩌면 더 끔찍한 시련이 닥쳐올지도 모르지만, 이대로 곱게 물러나지는 않겠다는 결의를 다졌다. 징계위원회에 어떻게 대처할지부터 고민했다. 교장 선생님이 말한 논리와 근거, 그에 맞서는 논리와 증거를 떠올렸다. 종례가 끝나고 교실을 나가려는데 담임 선생님이 나를 따로 불러서 목요일에 징계위원회가 열리니 준비하라고 했다.

"선생님께서도 제가 징계당할 만한 짓을 했다고 생각하세요?"

그냥 나가려다가 질문 하나를 툭 던졌다.

"내 판단은 있지만……, 지금은 내 의견을 밝힐 상황이 아니야."

충분하지는 않지만 실망스러운 답변은 아니었다.

교실을 나오는데 은율이도 옆 교실에서 나왔다. 점심때보다는 기운을 차린 듯해서 다행이었다. 실내화를 벗고 신발을 신는데 연극반 부장이 은율이를 불렀다.

"은율아, 연극반 선생님이 찾으셔."

"왜?"

"그건 나도 몰라."

버스 시간은 아직 여유가 있었다.

나는 은율이를 따라서 연극반 선생님이 있는 교실로 갔다. 문을 두드리고 인사드리며 들어갔다. 선생님이 나를 꺼리는 기색이 뚜렷했다.

"저는 밖에서 기다릴까요?"

"아, 아니야. 괜찮아. 어차피 바로 알게 될 테니."

그런 뒤에도 선생님은 선뜻 입을 떼지 못했다.

"은율이가 하기로 한 역할⋯⋯."

진득거리는 긴장감이 말이 멈춘 공간을 채우며 팽창했다.

"여주인공 역할을⋯⋯ 미연이에게 넘기기로 했어."

예상치 못한 통보였다.

"제가, 연기력이 딸려서⋯⋯ 그러신 건가요?"

은율이가 힘겹게 물었다.

"그건 아니야. 절대 그렇지 않아. 너는 누구보다 재능이 뛰어나."

선생님은 은율이를 위로하려고 안간힘을 썼다.

"그럼 왜죠?"

"그게⋯⋯."

나는 상황이 어찌 된 건지 바로 알아차렸다.

"교장 선생님 때문이군요."

내가 말했다.

선생님은 나를 똑바로 보며 아무런 대꾸도 하지 않았다.

"교장 선생님이 바꾸라고 하셨죠?"

내가 다시 물었다.

"그, 그래⋯⋯."

선생님이 마지못해 인정했다.

"징계위원회에서 중징계가 예정된 학생에게 주인공을 맡겨서는 안 된다고 하셨어."

"너무하시네요."

선생님 어깨가 힘없이 떨어졌다.

"은율이는 방학 내내 누구보다 열심히 준비했어요. 동네에 닥친 개발 문제로 힘들어하면서도 연극 이야기를 할 때면 눈빛이 초롱초롱 빛났다고요."

"은율이가 연극을 얼마나 좋아하는지, 이번 공연에 얼마나 준비를 많이 했는지 선생님도 잘 알아. 그렇지만⋯⋯."

말끝이 올라가려다 툭 떨어졌다.

"그렇지만 교장 선생님 지시는⋯⋯ 따라야 해."

"아직 징계위원회에서 아무런 결정도 나지 않았어요."

선생님이 손으로 얼굴을 천천히 쓸었다.

"이 학교는 무죄추정이라는 대원칙도 가볍게 무시하네요."

연극반 선생님에게 따져봐야 아무 소용없는 항변이었다.

"은율이는 마을 뒷산과 연극밖에 없어요. 욕심도 부리지 않고, 그 작은 것들에 만족하며 즐겁게 지냈어요. 그런데 왜 그걸 빼앗죠? 은율이에게서 산을 빼앗았으면 됐지, 왜 연극마저 빼앗아 가세요?"

다시 역한 냄새가 진동했다.

"정말 잔인하네요."

"아니야. 연극반을 못 하게 하는 건 아니야. 주연은 아니지만 교장 선생님도 다른 역할까지 막지는 않으셨어."

선생님이 다급하게 대안을 제시하려고 들었다.

"전…… 안 해요!"

은율이가 단호하게 말했다.

"이제, 연극, 안, 해요."

은율이는 한마디 한마디를 뚝뚝 끊었다. 그러고는 그대로 교실을 빠져나가 버렸다. 은율이 뒤로 붉은 나비 네 마리가 선홍빛을 일렁이며 날아갔다.

동네는 공동묘지처럼 고요했다. 경찰서에 끌려갔다가 고생한 충격은 마을 어른들을 겨울잠에 빠진 개구리처럼 움츠러들게 했다.

화요일, 징계위원회가 열린다는 소문이 학생들 사이에 퍼졌다. 다들 대놓고 말하진 않았지만 뒤에서 시끄럽게 쑥덕거렸다. 느티나무 위로 붉은 나비 여섯 마리가 날아다녔다.

수요일, 학교에 왔는데 썩은 수돗물 때문에 화장실도 이용하지 못하고, 급식도 나오지 못하는 상황이었다. 그래서 2교시만 하고 하교했다. 동네로 바로 가는 버스는 한참을 기다려야 해서, 세 번이나 버스를 갈아타고 집에 왔다. 우리 집에 들르지도 않고 자기 집으로 터덜터덜 걸어가는 은율이 어깨 위로 붉은 나비 열 마리가 어지러운 선을 그리며 따라갔다.

수요일 밤, 대책위원회 회의가 열렸다. 시청 앞에서 농성시위를 하자는 쪽으로 의견이 모였다. 마을 어른들은 농성을 어떻게 할지 계획을 세우며 밤늦게까지 치열하게 의논했다.

목요일, 징계위원회가 열리기로 한 날이었지만 학교는 문을 열지 않았다. 오염된 수돗물이 계속 나왔기 때문이다. 노란 금지선 앞에 선 은율이 어깨 위로 열두 마리 붉은 나비가 날아다녔다.

목요일 밤, 은율산 관광단지 개발 반대 대책위 간판을 단 농성장이 시청 앞에 차려졌다. 할아버지와 위원장님을 비롯한 다섯 분이 농성장을 지켰다.

금요일, 다시 학교에 갔다. 담임 선생님은 징계위원회가 월요일에 열린다고 알려주었다. 며칠 동안 벌어진 이상한 일들 때문에, 나와 은율이에 관한 징계위원회는 학생들 관심에서 멀어졌다. 덕분에 눈치 안 보고 자연스럽게 생활할 수 있어서 좋았다. 점심을 먹고 도서관으로 갔다. 은율이도 내 옆에 앉았다.

"네가 웬일이냐? 도서관에 다 오고?"

내가 장난스럽게 물었다.

"너랑 같이 있으려고."

은율이가 진지하게 대답했다.

"어휴, 너도 참."

우리는 같이 책을 읽었다. 은율이는 책을 뒤적거리더니 금방 엎드렸다. 책을 베고 잠든 은율이가 안쓰러웠다. 붉은 나비 열네 마리가 은율이 등에서 날개를 접고 함께 쉬었다.

"은석아! 사무실로 와봐."

한참 책을 읽는데 사서 선생님이 나를 찾았다.

"무슨 일이세요?"

선생님이 나에게 학교 전화를 건넸다.

"너를 찾는 전화야."

"저를요? 누가?"

"나도 몰라. 학교로 전화해서 너를 찾았다나 봐. 담임 선생님이 네가 점심시간이면 도서관에 있다는 걸 알고 이쪽으로 연결하셨대."

전화기를 건네받았다.

"여보세요."

"선생님은 나가 있을 테니 편하게 통화해."

선생님은 서가로 나갔다.

"허은석 학생인가요?"

낯선 사람이었다.

"네, 제가 허은석인데요. 누구시죠?"

"저는 김지승 씨 소개로 전화했어요."

은율이가 멧돼지들 공격에서 구해준 사람이 김지승 씨였다.

"제가 김지승 씨랑 아는 사이인데, 김지승 씨에게서 자료를 하나 넘겨받았어요. 그 자료를 보고 놀랐는데, 그걸 학생이 작성했다고 해서 더 놀랐어요."

"기자이신가요?"

"아뇨, 저는 한국조류보호협회에서 일하는 이지호 사무국장이에요."

"조류보호협회가 왜?"

"간단히 용건을 말할게요. 학생이 만든 자료에 따르면 은율산에는 하늘다람쥐, 수달, 사향노루가 살아요."

"전략환경영향평가서에는 모조리 빠졌어요. 평가서에 실어놓은 멸종위기종은 개발 후 옆 산으로 옮겨 정착하기 때문에 괜찮을 거라고 했어요."

"쩝! 안타깝지만 그 사람들이야 대개 그런 식이죠. 우리는 그것 때문에 학생에게 전화한 건 아니에요."

전화기를 타고 긴장감이 전해졌다.

"학생이 동굴에서 봤다는 그 박쥐, 정말 붉은색 박쥐가 맞나요?"

"네, 맞아요."

"그 박쥐가 한두 마리도 아니고 수백 마리가 있다는 것도 맞나요?"

"네, 어쩌면 천 마리가 넘을지도 몰라요."

은율이 몸을 완전히 가릴 정도로 많다고 하려다 허황한 이야기로 들릴까 봐 그만두었다.

"그게 맞는다면 그곳은 개발하면 안 돼요. 아니 개발할 수 없어요."

"뭐라고요?"

개발할 수 없다는 말에 반가움보다 놀라운 감정이 먼저 찾아왔다. 나와 동네 사람들이 개발하면 안 된다는 말을 한 적은 수도 없이 많았다. 그렇지만 외부인이, 그것도 조류협회에서 일할 정도로 전문가인 사람이 개발할 수 없다고 말하니 놀랄 수밖에 없었다.

"그게 사실이라면 특별보호구역으로 지정해서 환경부에 보전해 달라고 요구할 수 있어요."

"환경부가 받아줄까요?"

"우리 협회에 소속된 많은 교수님과 박사님들이 들고 일어나서 요구하고, 환경단체도 성명을 발표하고, 언론에도 적극적으로 알리면 환경부도 절대 무시하지 못해요. 아는지 모르겠지만 아직 환경영향평가 본안이 남아 있어요. 환경부가 환경영향평가 본안을 최종 승인해야 개발이 진행되기 때문에 환경부를 압박하면 막을 수 있어요."

가슴이 두근두근 떨렸다. 천군만마를 얻은 듯 가슴이 벅찼다.

"그래서 우리가 직접 가서 시급히 확인해 보고 싶어요."

"언제든 오세요. 제가 직접 안내해 드릴게요."

"내일 당장 되나요?"

"그럼요."

"제 전화번호를 알려줄 테니, 학생도 급할 때 연락할 수 있는 전화번호 하나만 알려줘요. 학생 휴대전화가 없어서 연락하기가 힘들었어요."

나는 대책위 위원장님과 우리 집 전화번호를 알려주었다.

감사 인사 후 전화를 끊으려는데, 이지호 사무국장이 가슴 벅찬 소식을 덧붙였다.

"참, 내일 가능하면 제가 아는 방송국 기자도 함께 갈게요. 이런 일은 질질 끌기보다 빠르게 진행하는 게 좋거든요."

기쁨이 뿌리샘처럼 맑게 솟아났다. 가장 깊은 나락에 떨어진 순간에 떠오른 별이었다. 열람실로 갔다. 잠든 은율이 어깨를 두드렸다. 나비들이 슬며시 날갯짓하며 등에서 떨어졌다. 은율이가 기지개를 켜며 일어났다.

"뭐야? 내가 잤어?"

나는 은율이 귀에 대고 속삭였다.

"희망이 생겼어. 우리에게 희망이⋯⋯!"

08
붉은박쥐

동네로 돌아오자마자 은율이와 함께 몰래 산으로 올라갔다. 업체 사람들이 마을을 돌아다니는 일이 잦아서 들키지 않게 조심해야 했다. 계곡을 따라 곧바로 가지 않고 바깥으로 피해서 오르다 보니 시간이 꽤 오래 걸렸다. 둥글이와 포실이가 오랜만에 찾아온 우리를 반갑게 맞아주었다. 아롱이와 다롱이는 계곡으로 놀러 갔는지 보이지 않았다. 둥글이네와 길게 놀고 싶었지만 그럴 때가 아니었다. 우리는 붉은박쥐가 서식하는 동굴로 빠르게 다가갔다. 은율이가 앞장서서 동굴로 들어갔다. 내가 손전등을 켰다.

"애들 자. 놀라니까 꺼."

"안 보이는데."

"나는 이 동굴을 구석구석 잘 알아. 날 믿고 따라와."

익숙하게 동굴 안으로 들어가던 은율이가 멈췄다. 빛이 희미해서 뚜렷하지는 않았지만 바로 앞에 꽤 넓은 공간이 펼쳐졌다.

"저기 봐."

은율이가 가리킨 곳을 봤다.

"아무것도 안 보여."

"손전등 줘봐."

은율이는 손전등을 옷 속에 넣더니 빛을 약하게 해서 동굴 천장을 비췄다.

"와~!"

어마어마하게 많은 붉은박쥐가 동굴 천장에 붙어서 잠을 자고 있었다. 적게 잡아도 천 마리는 될 듯했다.

"내일도 여기 있겠지?"

혹시나 하는 불안 때문이었다.

"걱정 마. 애들은 이곳이 집이니까. 그런데 정말 애들이 관광단지를 막을 수 있어?"

"조류협회에서 와서 확인만 하면 그렇게 될 거야. 내가 자세히 조사해 봤는데 붉은박쥐는 멸종위기종인데다가 거의 다 소규모 집단을 이루며 살아가나 봐. 이런 대규모 서식지는 우리나라에 아예 없대. 만약 이곳이 세상에 알려지면 그 사람들이 우리보다 더 열심히 싸워줄 거야."

"제발, 그리되면 좋겠다."

우리는 내려올 때도 눈에 띄지 않게 조심했다. 은율이는 저녁을 먹고 밤늦게까지 우리 집에 머물렀다. 모처럼 같이 공부도 하고, 내일 찾아올 귀한 손님들을 어떻게 안내할지 궁리도 했다. 조류협회 사람들이 산으로 가려고 하면 업체에서 막거나 방해할 수도 있어서, 그때그때 상황에 따라 선택할 여러 가지 방법도 고민했다. 중요한 일이지만 다른 어른들에게는 일절 알리지 않았다. 혹시 정보가 새면 엉뚱한 사건이 벌어질지도 모르기 때문이다.

밤 11시가 돼서야 은율이는 우리 집을 나섰다.

"잘 되겠지?"

"그럼, 다시없을 기회야."

"제발 잘되면 좋겠다."

가로등 불빛 아래로 붉은 나비 열여섯 마리가 동그라미를 그리며 빙글빙글 돌았다. 대문을 열고 나가려던 은율이가 우뚝 멈췄다.

"이상해."

"뭐가?"

"불길한 기운이 느껴져."

붉은 나비가 점점 빠르게 원을 그렸다. 마치 붉은 원이 은율이 머리 위에 떠 있는 것 같았다.

"가봐야겠어."

"어디를?"

은율이 시선이 은율산으로 향했다.

"설마, 이 시간에 거기에 가겠다고?"

"가야 해. 불길한 일이 벌어지려고 해."

말린다고 안 갈 은율이가 아니었다. 은율이는 운동화 끈을 단단히 묶었다.

"기다려! 나도 갈게."

나는 재빨리 방으로 들어가 잠바를 입었다. 반소매 차림으로 밤 산행을 할 수는 없었다. 은율이가 입을 긴팔 옷과 손전등도 챙겼다.

은율이는 내가 준 옷을 입더니 산을 향해 뛰듯이 걸었다. 아마 내가 따라가지 않았으면 바람처럼 달려갔을 것이다. 은율이 머리 위에는 붉은 나비 열여덟 마리가 파도처럼 일렁였다. 은율이를 따라가는 게 숨찼지만 내색하지 않고 뒤따랐다. 뿌리샘에 이르렀을 때 낮지만 뚜렷한 사람 소리가 들렸다. 은율이가 몸을 숙이고 조심스럽게 바위 틈으로 난 길을 따라 움직였다. 나도 숨을 죽이며 뒤를 따랐다. 우리는 공터 앞에 솟은 바위 뒤로 몸을 숨겼다.

바위 옆으로 눈을 내밀어 사람들이 있는 곳을 봤다. 이마에 전등을 단 이들이 동굴 안을 부지런히 오가고, 동굴 입구에는 손전등을 든 사람이 주변을 경계하며 서 있었다. 동굴 앞을 지키는 사람이 낯설지 않았다. 얼굴이 제대로 안 보여서 확신할 수는 없지만 전에 만난 사람인 것 같았다. 동네 사람은 아니었다. 동네 사람은 어둠 속에서 뒷모습만 봐도 누군지 안다. 큰 키, 짧은 머리, 떡 벌어진 어깨, 껄렁한 손놀림……. 그자다! 우리가 집회할 때 일부러 훼방을 놓던 사내 중 하나였다. 나는 다시 바위 뒤로 몸을 숨겼다. 은율이 등을 살짝 건드렸다. 은율이가 내 옆으로 바짝 다가왔다.

"집회할 때 방해하던 놈들이야."

나는 은율이 귀에 대고 속삭였다.

"나도 확인했어."

"어떻게 해? 마을 어른들을 부를까?"

"어른들이 이곳까지 올 때쯤이면 저들은 멀리 도망치고 없을 거야."

은율이는 다시 한번 그자들을 살피고는 깊이 숨을 들이켰다.

"동굴에서 부산하게 움직여. 도대체 뭘 하는 걸까?"

"아마 붉은박쥐 때문일 거야."

저들이 저 동굴에서 한밤중에 바쁘게 움직일 이유는 하나밖에 없었다.

"저놈들이 그걸 어떻게 알았지? 너랑 나밖에 모르잖아."

이지호 사무국장 전화를 받았을 때부터 지금까지 벌어진 일을 빠르게 되짚었다. 학교 전화로 이지호 사무국장과 내가 통화했을 때 누가 엿들었을 가능성이 가장 컸다. 그게 아니라면 내가 누구와 통화했는지를 전해 듣고 교장 선생님이 업체에 연락했을 수도 있다. 업체에서는 내 의견서와 조류협회를 조합한 뒤에 어떤 가능성을 어림했을 것이다. 최대한 조심해서 산에 올랐지만, 눈치채지 못하는 사이에 누가 우리를 지켜봤을지도 모른다. 낮에 산에 올라온 게 실수였을까? 그렇지만 정확히 확인하지도 않고 전문가들을 안내할 수는 없었다. 감시를 피해 오를 만한 방법도 찾아야만 했다. 아무래도 저들은 생각보다 더 깊이 썩었고, 훨씬 더 치밀하고 집요한 놈들인 모양이다.

그나저나 어쩌려는 걸까? 혹시 박쥐를 떠나게 만드는 이상한 기기라도 가져온 걸까? 아니면 약을 뿌려서 박쥐를 모조리 죽여 없애려는 걸까? 저들을 막을 수는 있을까? 휴대전화만 있었어도 영상을 찍어서 고발할 수 있을 텐데, 휴대전화가 없는 게 너무 안타까웠다.

어찌할지 모른 채 고민하고 있는데, 은율이가 심호흡하더니 바위를 빠져나가려고 했다.

"왜 그래? 뭐 하려고?"

"그냥 지켜볼 수는 없잖아. 막아야지."

"어떻게?"

은율이는 주먹을 들어 보였다.

"야! 저놈들은 깡패야. 네가 그동안 싸웠던 녀석들과는 차원이 다르다고."

"괜찮아. 깡패도 사람이니까."

은율이가 내 어깨를 두드리더니 몸을 숙이며 밖으로 나갔다. 은율이 뒤로 스무 마리 정도 되는 붉은 나비가 따라갔다. 은율이는 동굴 앞에서 망을 보는 사람에게 조용히 접근했다. 구름 사이로 드러난 희미한 달빛이 은율이를 살금살금 뒤따랐다. 가까이 접근한 은율이는 작은 돌멩이 하나를 반대쪽으로 던졌다. 그자가 무심결에 소리 나는 쪽으로 손전등을 비추며 시선을 돌린 사이, 그 틈을 놓치지 않고 바람처럼 달려가 목을 올려 쳤다. 그자는 손전등을 떨어뜨리고 목을 움켜쥐었다. 은율이가 복부를 무릎으로 가격한 다음, 발목을 꺾었다. 그자는 신음조차 흘리지 못한 채 통나무처럼 뒤로 쓰러졌다.

감시자가 없어지자 은율이는 동굴 안으로 들어갔다. 나도 돌멩이를 움켜쥐고 동굴 입구로 다가갔다.

"다 장착했어?"

은율이에게 새끼손가락이 부러진 그놈 목소리가 들렸다.

"발파기는 준비됐지?"

"네, 형님! 누르기만 하면 됩니다."

폭탄을 설치한 모양이다. 동굴을 아예 무너뜨려서 박쥐들을 죽이고 서식처를 없애려는 의도였다. 악마 같은 놈들이었다.

"연결 상태는?"

"완벽합니다."

"좋아. 이제 빨리 터트리고 가자."

불빛들이 요란하게 흔들렸다.

"야, 호영아, 너 거기서 뭘 꾸물거려?"

"아, 형님! 요상한 돌이 있어서."

"새끼 지랄하네. 네 무덤 자리로 써주랴?"

"아이고, 형님! 이런 일을 했으면 기념품 하나쯤은 챙겨야죠."

"하여튼 그 기념품 병은. 야, 저거 뭐야?"

그자가 다급히 외쳤다.

강한 타격 소리와 함께 바닥으로 나뒹구는 소리가 들렸다.

"병석아! 이런 쌍!"

"그년입니다. 집회 때 형님 손가락을 부러뜨린……."

그러고는 주먹과 발길질이 오가고, 놈들이 내뱉는 욕설이 계속 이어졌다.

"어린년이 뭐 이렇게 싸움을 잘해!"

"야, 주호영! 그거 놔두고 빨리 와, 쌔꺄."

후다닥 뛰어오는 소리, 부딪치고 깨지는 소리가 나더니 조금 뒤 잠잠해졌다.

'어떻게 된 거지? 은율이가 이겼나?'

나는 조심스럽게 동굴 안으로 들어갔다. 은율이가 힘이 드는지 상체를 숙여 두 손을 무릎에 대고 거친 숨을 몰아쉬고 있었다. 네 놈 가운데 한 명은 완전히 널브러졌고, 두 명은 바닥을 손으로 짚으며 몸을 일으키려고 애썼다. 손가락이 부러졌던 놈은 무릎을 꿇고 은율이를 노려보며 거친 숨을 내쉬고 있었다. 그들이 머리에 쓴 전등에서 나오는 노란 불빛이 은율이에게 쏟아졌다. 나는 얼른 손전등을 켰다. 그러고는 그들 눈을 향해 비췄다.

"저 두 연놈이! 야이 씨, 제껴버려!"

손에 깁스를 한 놈이 그렇게 말하자 다른 두 놈이 바지 아랫단을 걷어 올리더니 짧은 막대기 같은 걸 꺼내어 움켜쥐었다. 빛을 받자 막대기가 시퍼렇게 번쩍였다.

"칼이야!"

내가 다급하게 외쳤다.

"피해!"

은율이와 함께 체육관에 놀러 갔을 때 관장님에게 잠깐 호신술을 배운 적이 있었다. 생활에서 실제로 써먹을 만한 기술이라 무척 재미있었다. 그러다 문득 떠올라서 상대가 칼을 들었을 때 대처법을 알려 달라고 했더니 관장님이 정색하며 대답했다.

"도망쳐야지. 칼을 든 상대를 만나면 무조건 도망쳐."

"도망을 못 칠 수도 있잖아요."

"무조건 도망쳐! 괜히 달려들었다가는 크게 다치거나 심하면 죽어."

"그래도 관장님은 제압하실 수 있죠?"

"나? 물론 나는 누구보다 더 빨리 도망칠 수 있지."

관장님은 농담을 진지하게 했다.

"에이, 잘 도망치는 게 어떻게 재능이에요?"

"껄껄껄! 네가 안 당해봐서 그래. 칼 든 놈을 만났을 때 빨리 도망치는 게 얼마나 대단한 능력인지 직접 당해보면 알게 된단다."

프로 종합격투기 선수였던 관장님조차 무조건 도망쳐야 하는 상황이라면, 은율이와 나는 두말할 것도 없다. 무조건 도망쳐야 한다.

"도망쳐야 해."

그러나 은율이는 피하지 않았다. 아니 피할 틈이 없었다. 칼을 든 두 놈은 무서운 기세로 은율이를 덮쳤다. 확실히 주먹이나 발이 날아오는 거랑은 달랐다. 은율이는 뒤로 밀렸고 칼을 피하기 바빴다.

"으윽!"

은율이가 답답한 신음을 토했다.

은율이 왼팔에서 피가 흘렀다. 왼팔을 벤 놈을 은율이가 발로 차서 넘어뜨렸다. 그놈은 칼을 움켜쥔 채 바닥으로 쓰러졌다. 그러나 그때 또 한 놈이 칼을 휘두르며 공격해 왔고, 이번에는 은율이 오른팔을 베었다. 은율이가 재빨리 발길질했지만, 슬쩍 피하더니 은율이 발을 걸었다. 은율이는 균형을 잃은 채 뒷걸음질 쳤고, 그 틈을 노린 놈은 칼을 더 매섭게 찔러왔다. 위험한 순간이었다. 나는 그자를 향해 있는 힘껏 돌을 던졌다.

"아얏! 저 새끼가!"

돌은 빗맞았다. 그래도 스쳤는지 그놈 이마에서 피가 흘렀다.

은율이에게 칼을 휘두르던 놈이 나에게 달려들었고, 바닥에 쓰러졌던 놈은 은율이를 공격했다. 피하고 싶은데, 도망치고 싶은데 마음과 달리 다리가 움직이지 않았다. 왜 관장님이 도망치는 능력이 최고라고 했는지 이해되는 순간이었다. 온몸이 바위처럼 굳어서 꿈쩍도 하지 않았다. 무서운 칼이 내 몸으로 날아왔다. 어떻게 해볼 도리가 없었다.

그때였다. 검은 그림자가 어둠을 찢고 나타나 그놈 팔을 할퀴고 지나갔다.

"크아아악!"

그놈은 칼을 떨어뜨리고 팔을 움켜쥔 채 뒷걸음질을 쳤다. 검은 그림자는 그대로 뛰어서 은율이를 공격하는 놈에게 달려들었다. 그러나 이번에는 공격에 성공하지 못했다. 그놈은 검은 그림자를 가볍게 피하더니 칼을 허공으로 휘둘렀다. 급소를 제대로 찔린 듯 검은 그림자는 쿵 소리를 내며 옆으로 나가떨어졌다.

"둥글아!"

은율이가 절규했다.

둥글이는 피를 흘리며 바닥에 쓰러졌다.

"둥글아, 안 돼!"

그놈은 둥글이를 껴안고 울부짖는 은율이를 향해 칼을 휘둘렀다.

"은율아!"

은율이는 무방비 상태였다. 그때 또 다른 검은 그림자가 그놈 얼굴을 덮쳤다. 검은 그림자는 어깨를 휘감은 채 얼굴과 머리를 향해 앞발을 매섭게 휘둘렀다. 그놈은 비명을 지르며 손에 든 칼로 검은 그림자를 찔러댔다.

"포실아, 그만하고 피해!"

포실이는 피투성이가 되면서도 앞발을 계속 휘둘렀다. 그놈은 칼로 포실이 목을 찔렀고, 포실이는 축 처지며 바닥으로 떨어졌다.

"빌어먹을."

그놈이 피투성이가 된 얼굴을 움켜쥐며 주춤주춤 뒤로 물러났다.

"포실아!"

나는 포실이를 껴안았다. 피가 무섭게 흘렀다. 코에 손을 댔다. 숨결이 느껴지지 않았다.

"안 돼, 안 돼! 포실이를, 포실이를……."

눈물이 용암처럼 흐르고 분노가 마그마처럼 끓어올랐다. 은율이 머리 위를 날아다니던 나비들이 갑자기 수십 배로 늘었다. 수백 마리 나비와 붉은박쥐가 동굴 전체를 뒤덮었다.

"아, 이게 뭐야. 박쥐잖아."

"야, 터트려 버릴 테니 빨리 도망쳐."

깁스한 놈이 명령을 내리자 두 놈이 쓰러진 동료들을 부축하며 붉은박쥐와 함께 동굴 밖으로 빠져나갔다. 놈들은 동굴을 나가 계속 도망쳤고, 붉은박쥐는 검은 하늘로 사라졌다. 손가락에 깁스를 한 놈이 바닥에 놓여 있던 노란 상자를 들더니 동굴을 빠져나가려고 했다.

"저거 발파기야!"

은율이도 알아챘는지 쓰러진 둥글이를 놔두고 깁스한 놈에게 달려들었다.

"저리 비켜!"

그놈은 칼을 꺼내 은율이에게 휘둘렀다. 은율이는 물러서지 않고 맞섰다. 위험천만한 선택이었다. 은율이는 자기 얼굴로 날아오는 칼을 아슬아슬하게 피했다. 나비들이 칼을 피해 사방으로 흩어졌다. 은율이가 몸을 숙이자 그놈은 발로 은율이를 걷어찼다. 은율이는 복부를 강하게 맞고 그대로 고꾸라졌다.

"이년이!"

그놈이 칼을 고쳐 잡았다. 칼이 은율이를 직접 노렸다.

"안 돼!"

다른 생각을 할 겨를이 없었다. 나는 온몸을 던져 그놈을 들이받았다. 나와 뒤엉킨 놈은 뒤로 넘어지면서 칼과 노란 가방을 모두 떨어뜨렸다.

"이 새끼가."

그놈은 넘어진 채 왼손으로 내 뒷덜미를 움켜잡더니 있는 힘껏 나를 내던졌다. 엄청난 힘이었다. 내 몸이 공중으로 붕 뜨더니 동굴 벽까지 날아가 부딪혔다. 힘이 죽 빠지고 정신이 혼미해졌다. 그러나 정신을 잃지는 않았다.

그놈은 바닥에 떨어진 노란 상자를 집어 들더니 밖으로 뛰어나갔다.

"어휴, 질긴 새끼들."

그놈이 상자를 열었다. 곧이어 귀청이 찢어지는 듯한 폭발음이 잇달아 들리더니 동굴이 안쪽부터 우르르 무너졌다. 파편이 튀고 돌이 날아왔다. 피할 틈도 기력도 없었다. 강한 충격이 머리로 전해졌다.

"은석아!"

심장이 찢어지는 절규가 은율산 계곡을 타고 슬프게 메아리쳤다.

09
해와 달

익숙하면서도 낯선 꿈이었다. 별빛도 숨을 죽인 밤이었다. 엄마와 아빠를 잃은 아롱이와 다롱이가 울부짖으며 은율산을 내달렸다. 곳곳에서 폭발음이 들리고 사방팔방이 둥글이와 포실이가 흘린 피로 뒤범벅되었다. 피를 뒤집어쓴 아롱이와 다롱이는 점점 험악한 형상으로 바뀌더니 도깨비가 되었다.

두 도깨비는 폭발을 피해서 동굴을 찾아 들어갔다. 동굴 안에는 호랑이 가죽이 있었다. 아롱이와 다롱이는 벌벌 떨며 호랑이 가죽을 뒤집어썼다. 동굴 안쪽에서도 폭발이 일어났다. 동굴이 무너지려고 하자 호랑이가 밖으로 뛰쳐나왔다.

호랑이는 정신없이 달리다 아스팔트길로 내려왔다. 아스팔트길을 달리던 호랑이 앞에 버스가 나타났다. 시내에서 시위하고 돌아오는 마을 어른들이 버스에 타고 있었다. 호랑이가 나타나자 버스기사는 기겁하며 운전대를 급히 옆으로 돌렸고, 버스는 휘청대다가 절벽으로 떨어졌다. 추락한 버스에 불이 번지더니 붉은 화염이 일었다. 솟아오른 불꽃이 호랑이를 덮쳤다. 불을 뒤집어쓴 호랑이가 온몸에서 화염을 내뿜으며 마을로 돌진했다.

마을에는 나와 은율이밖에 없었다. 불 호랑이가 대문을 두드렸다. 아무 생각 없이 문을 열었다가 불꽃이 일렁이는 호랑이를 보고 놀라서 은율이네 집으로 도망쳤다. 호랑이는 곧바로 나를 쫓아왔다. 은율이네 집에 들어가 문을 닫았다. 호랑이가 집 주위를 돌면서 불을 뿜었다. 집이 뜨거워졌다. 연기에 숨이 막힐 듯했다. 뒷문으로 빠져나와 뿌리샘 한가운데에 우뚝 솟은 나무 위로 올라갔다. 호랑이가 뿌리샘에 빠지면서 몸에 붙은 불이 꺼졌다. 호랑이는 나무를 오르려고 했으나 주르르 미끄러졌다.

"애들아, 그 나무에는 어떻게 올라갔어?"

호랑이가 물었다.

"발에 참기름을 바르고 올라왔어."

내가 거짓말을 했다.

호랑이는 마을로 뛰어가더니 참기름을 가져왔다. 발에 참기름을 바르고 나무에 오르려고 했지만 또 미끄러졌다. 그때 은율이가 깔깔 깔 웃었다.

"아유, 바보! 도끼로 찍으면서 올라오면 되지."

호랑이는 잔인하게 웃더니 동네에서 도끼를 챙겨와 나무를 찍으며 올라왔다. 호랑이에게 잡히면 죽을 운명이었다. 하늘을 향해 빌었다.

"하늘님, 저희를 불쌍히 여기시거든 황금밧줄을 내려주시고, 그렇지 않으면 썩은 밧줄을 내려주세요."

빌고 또 빌었다. 그러자 하늘에서 황금밧줄이 내려왔다. 나와 은율이는 황금밧줄을 잡고 하늘로 올라갔다. 곧이어 호랑이도 하늘님에게 밧줄을 내려달라고 빌었다. 곧바로 밧줄이 내려갔고, 호랑이도 밧줄을 잡고 우리를 따라왔다. 호랑이는 핏빛 이를 드러내며 으르렁거렸다. 호랑이가 우리에게 거의 다 다가왔을 때, 호랑이가 잡고 있던 밧줄이 뚝 끊겨졌다. 호랑이는 깊은 어둠으로 하염없이 떨어졌다. 호랑이가 허우적거리면서 가죽이 벗겨졌고, 아롱이와 다롱이는 호랑이 가죽을 붙잡고 땅에 무사히 내렸다.

하늘님은 나에겐 해가 되어 낮을 돌보라 하고, 은율이에겐 달이 되어 밤을 돌보라 했다. 나는 밝은 낮을 돌보니 즐거웠고, 은율이는 맑은 밤을 돌보며 기뻐했다. 그런데 얼마 뒤부터 은율이가 힘들고 괴로워했다. 밤마다 아롱이와 다롱이가 피를 뒤집어쓴 채 울부짖으며 엄마와 아빠를 찾아 은율산을 헤매고 다녔기 때문이다. 힘겨워하는 은율이를 그대로 둘 수 없어서 하늘님께 나와 은율이 역할을 바꿔달라고 부탁했다. 하늘님은 내 부탁을 들어주었고, 그때부터 나는 달이 되고, 은율이는 해가 되었다. 내가 달이 된 뒤에도 여전히 아롱이와 다롱이는 죽은 엄마 아빠를 찾아 밤마다 은율산을 헤맸다. 한스러운 울음이 끝없이 나를 괴롭혔다. 그러나 은율이에게 그 고통을 떠넘길 수는 없었다. 괴로움은 내 몫이어야 했다. 아롱이가 울부짖을 때 나는 소리 없이 통곡했고, 다롱이가 피눈물을 흘릴 때 달님은 피눈물을 삼켰다.

점점 파릇함을 잃어가는 은율산에는 섬뜩한 핏빛 돌덩이만 굴러다녔다.

흐느낌을 참는 소리에 가슴이 아려 꿈에서 깨어났다. 툭 눈물방울이 내 볼에 떨어졌다. 우산 끝에 매달린 물방울 같은 눈물이었다. 누가 우는 걸까? 눈을 뜨고 싶은데 눈꺼풀이 내 명령을 듣지 않았다. 소리를 듣고 싶은데 귀가 사라지고 없었다.

'어! 나비다. 붉은 나비.'

눈을 감았는데도 나비가 보였다. 나비 한 마리가 내 볼에 흐르는 눈물에 입을 댔다. 눈물을 마신 나비가 천천히 날갯짓했다. 이상하게도 내 몸이 흔들렸다. 뿌연 안개가 걷히며 눈이 열렸다. 하얀색이 위아래로 흔들렸다. 알록달록한 다른 색들도 돌밭 위를 달리는 버스에 탔을 때처럼 흔들렸다. 흐느낌이 뿌리샘에 퍼지는 물결처럼 일렁였다. 누가 우는지 알고 싶어서 귀를 기울여봐도 소리는 뿌옇기만 했다. 다행히 시선은 점점 맑아졌다. 흐릿하던 하얀색이 침대 모양으로 바뀌었다. 침대는 조금씩 흔들렸다.

'나는 침대에 누워 있는데, 왜 침대가 아래로 보이지?'

시선이 이상했다. 모든 게 아래로 보이고 계속 흔들렸다. 흐릿하던 사물들이 차차 윤곽을 드러내더니 형상이 뚜렷해졌다.

10

이라두의 발톱

　흐느끼는 은율이가 보였다. 할머니가 내 손을 꼭 잡고 당신의 눈물을 훔쳤다. 초록색 옷을 입은 간호사가 할머니와 은율이를 병실 밖으로 나가게 했다. 붕대를 감은 머리, 산소호흡기를 쓴 얼굴, 주삿바늘이 꽂힌 팔목이 내가 어떤 상태인지를 알려줬다. 시선이 흔들리며 병실 밖으로 옮겨 갔다. 병실 복도에서 은율이는 할머니한테 기댄 채 울고 또 울었다. 눈물이 마르지 않는 모양이었다. 할머니가 은율이 등을 쓰다듬었다. 간호사가 은율이 앞에 쪼그리고 앉아 부드러운 목소리로 달랬다.

　간호사가 일어나더니 전화를 받아 잠깐 통화하고는 끊었다. 은율이는 여전히 울었다. 조금 뒤 헝클어진 머리에 굵은 안경을 쓴 설아가 나타났다. 화장도 안 하고 급하게 나온 모양이었다. 설아가 간호사에게 아는 체하자 간호사가 설아를 친근하게 맞이했다. 두 사람은 얼굴 생김새가 비슷했다. 설아가 병실로 오더니 누워 있는 나를 보고 서럽게 울었다. 간호사가 우는 설아를 달랬고, 울음을 그치자 내 상태를 설명해 주었다. 무슨 말인지 정확히 들리지는 않았다. 눈이 퉁퉁 부은 설아가 은율이에게 다가갔다.

설아가 은율이를 한참 동안 위로하고, 은율이를 꼭 안아주었다. 은율이가 눈물을 닦으며 간호사에게 뭐라고 말을 건네자 간호사가 전화를 걸었다. 전화번호를 보니 대책위 위원장님이었다. 간호사가 전화를 은율이에게 바꿔주고, 은율이가 통화했다. 전화를 끊은 은율이가 할머니를 가리키며 뭐라고 말하자, 설아가 고개를 끄덕이며 할머니 옆으로 갔다. 설아는 할머니를 부축하더니 다른 곳으로 자리를 옮겼다. 은율이가 이번에는 간호사에게 뭐라고 하더니 간호사가 지갑을 꺼내 돈을 건넸다. 내 시선은 병원 밖으로 나서는 은율이를 따라갔다. 이상하게도 병실에 누워 있는 나도 보이고, 설아와 함께 있는 할머니도 보였다. 마음이 가는 데로 시선도 따라갔다.

은율이는 택시를 탔다. 토요일 아침이라 그런지 도로에는 차가 별로 없었다. 수백 마리 나비들이 택시 위를 새처럼 날아서 따라가고, 나비 날개에서 떨어진 붉은 가루가 도로를 가득 채우며 넓게 퍼졌다. 동녘에서 떠오른 햇살이 나비 날개에 부딪혀 붉게 빛난다. 햇살이 점점 강해지자 붉은 가루도 점점 많아지며 도로를 벗어나 주변 건물로 번졌다. 택시는 지하도와 고가를 지나 시내 중심부로 들어갔다. 10차선 도로에 붉은 가루가 뿌려졌다. 시청을 알리는 표지판이 보이고, 곧이어 택시가 섰다.

택시에서 내린 은율이는 시청 정문 옆 담벼락에 기댄 초라한 천막으로 들어갔다. 나비들이 천막 둘레로 빽빽하게 날아다녔다. 천막 안으로 시선을 옮기려는데, 이상하게 들어가지지 않았다. 은율이가 들어간 지 10분쯤 뒤에 할아버지가 천막에서 나오더니 희뿌연 하늘을 물끄러미 바라보았다.

'하늘이시여! 하나뿐인 자식과 며느리를 데려가시더니, 이제 홀로 남은 손자마저 데려가시렵니까? 진정, 당신 뜻이 그것입니까?'

할아버지는 입을 꾹 다물고 있었다. 그런데도 소리가, 아니 할아버지 마음이 들렸다.

'할아버지 아니에요. 저는 죽지 않았어요. 저는 아직 이렇게 살아 있어요.'

내 마음을 전하려고 목청껏 외치지만 할아버지는 알아듣지 못했다.

한참을 하늘을 올려보던 할아버지가 천막 안으로 다시 들어갔다. 그러고는 한동안 나오지 않았다. 안에서 할아버지와 은율이가 뭘 하는지 알 수 없었다. 병원으로 시선을 옮겨보니 나는 여전히 그대로 누워 있고, 전자기기가 내가 살아 있음을 알리고 있었다. 설아는 할머니와 함께였다.

시청 앞이 부산해서 재빨리 시청 쪽으로 시선을 옮겼다. 시청 정문

바로 앞으로 스피커를 단 차 한 대가 도착했다. 경찰버스 네 대가 시청 정문 앞에 서더니 경찰들이 우르르 내렸다. 경찰 중 일부는 방패를 들고 시청 정문을 막고, 일부는 스피커를 단 차량과 도로를 막아섰다. 건너편 도로에는 버스 스무 대가 도착했다. 버스에서 내리는 사람들은 하나같이 빨간 조끼를 입고, 붉은 피켓을 들고, 시뻘건 머리띠를 두르고 있었다. 그들은 신호등에 빨간불이 들어와 있는데도 무리를 지어서 10차선 도로를 건넜다. 그들이 스피커를 단 차량 주변으로 몰려들었다. 구호를 외치는지 입을 연신 벌렸다. 피켓을 높이 들고 주먹을 내질렀다. 경찰차 네 대가 더 왔다. 경찰은 시위대가 시청으로 들어가지 못하도록 더 단단히 막아섰다.

그때 그 시의원이 나타났다. 시의원은 경찰 지휘관에게 다가가더니 손을 휘저으며 짜증을 냈다. 경찰 지휘관이 부하들에게 명령을 내리자 경찰들이 일제히 시위대를 밀어붙였다. 시위대는 점점 정문에서 멀리 밀려났다. 붉은 조끼를 입은 한 사람이 시의원에게 달려들어 멱살을 잡았다.

"야, 김성팔! 너 이 새끼, 선거운동 할 때는 다 들어준다고 하더니 이제 와서 이따위로 우리 조합을 배신해? 그러고도 네가 다음에 당선될 줄 알아?"

"뭐야, 이거? 언다 대고 협박이야?"

김성팔 의원이 붉은 조끼 사내를 떼어내려 하지만 쉽지 않았다. 경찰들이 황급히 달려들어 붉은 조끼를 입은 사람을 떼어내더니 경찰차로 끌고 갔다.

"별 허접한 새끼들까지 의원이랑 맞먹으려고 들어. 어휴, 빌어먹을."

양복을 터는 시늉을 하던 김성팔 의원은 정문 옆에 자리한 작은 천막을 보더니 험악하게 얼굴을 일그러뜨렸다.

"저건 또 뭐야? 저런 쓰레기는 왜 그냥 둬? 조금 뒤면 귀한 손님이 오시는데 저따위로 둘 거야?"

김성팔 의원이 짜증을 내자 경찰 지휘관이 곤혹스러워했다.

"김 의원님, 죄송하지만 법에 따라 집회 허가를 받은 시설물이라 제 마음대로 철거하지 못합니다."

"저런 쓰레기 더미를 그냥 두란 거야, 뭐야?"

김성팔 의원은 성질을 버럭 내더니 전화를 걸었다.

"야, 이 잡동사니 쓰레기 더미에서 농성하는 빨갱이 새끼들을 왜 놔둬? 빨리 안 치워!"

김성팔이 전화하자 1분도 지나지 않아 시청에서 직원 아홉 명이 뛰어나왔다.

"이 새끼들, 이거 그냥 그대로 둘 거야? 너희들, 시장님 얼굴에 똥 칠하려고 작정했어?"

"죄송합니다. 바로 치우겠습니다."

직원들은 연신 김성팔 의원에게 굽신거렸다.

"30분도 안 남았어. 빨리 청소해."

김성팔 의원은 시계를 보더니, 시청 안으로 건들거리며 들어갔다.

"야, 치워!"

직원들이 일제히 천막으로 달려들었다.

"뭐야? 왜 이래요?"

은율이가 직원들에게 끌려 나왔다.

"신고하고 설치했는데, 왜 이러십니까?"

할아버지가 끌려 나오며 항의했다.

"어르신, 저희한테 항의해 봐야 소용없어요. 저희는 위에서 시키는 대로 하는 거니까. 야, 뭔 눈치를 봐. 빨리 안 해? 다 깨져봐야 정신 차릴 거야!"

직원들이 천막을 쓰러뜨리려고 했다.

"그만하란 말이야!"

은율이가 자기 팔을 잡은 직원들을 뿌리쳤다. 다시 직원이 잡으려하자 손을 돌리더니 발을 걸어서 넘어뜨렸다. 다른 직원은 은율이 힘에 밀려 바닥으로 나뒹굴었다.

"저 애 잡아!"

시청 직원들이 달려들었지만, 은율이 손과 발에 걸려 다들 나가떨어졌다.

"아니, 뭐 저런 애가 다 있어."

철거를 지휘하던 직원이 놀라며 뒤로 물러나더니, 경찰 지휘관에게 도와달라고 하소연했다. 경찰 지휘관은 은율이가 직원들을 제압하는 걸 보더니 경찰들에게 손짓했다. 경찰 열 명이 한꺼번에 우르르 은율이를 잡으려고 몰려들었다. 은율이가 경찰에 맞섰다.

"안 돼! 은율아, 경찰과 싸우면 안 돼."

할아버지가 다급히 말렸다.

경찰에게 발길질하려던 은율이가 그대로 멈췄다. 경찰들은 은율이를 잡아서 멀리 떼어놓았다. 그 틈을 타서 시청 직원들은 천막을 철거했다. 초라한 천막은 순식간에 쓰러졌고, 흔적도 없이 사라졌다. 그제야 경찰은 은율이를 놓아주었다. 할아버지는 천막이 있던 자리에 망연자실하게 쪼그려 앉았다. 은율이가 달려와 할아버지를 껴안았다. 은율이가 또 울자 할아버지는 은율이 등을 다독였다.

"왜 우리는 맨날 이렇게 당해야 해요? 왜 다 빼앗기고도 그냥 가만히 참아야 해요? 도대체 왜? 왜? 왜?"

은율이가 무릎을 꿇고 울먹였다.

붉은 나비 떼가 시뻘건 가루를 내뿜으며 맹렬하게 요동치더니 하늘 높이 날아올랐다. 나비들이 시선에서 사라지고, 오직 내 시선을 담은 나비 한 마리만 나뭇가지에 앉아 슬피 우는 은율이를 애처롭게 바라보았다.

시위대는 점점 시끄러워지고, 경찰은 시청을 단단히 지켰다. 시청에서 수많은 직원이 쏟아져 나왔다. 토요일인데도 직원들이 엄청 많았다. 갑자기 직원들이 시청 정문 좌우로 늘어서더니, 고급 승용차 세 대가 느리게 정문으로 들어왔다. 첫 차는 그대로 정문을 지나 안으로 들어갔다. 두 번째 차가 정문을 지나다 갑자기 멈췄다. 앞문 보조석 문이 열리고 사람이 내렸다. 한국 사람이 아니었다. 키가 190cm쯤 되어 보이는 건장한 백인 남자였다. 남자는 재빨리 뒷문을 열었다. 뒷문에서 여자가 내렸다. 긴 보랏빛 머리카락이 허리까지 늘어져 하늘거렸다. 하얀 얼굴 때문에 입술이 도드라지게 붉게 빛나고, 오똑한 코에 걸친 진한 선글라스는 신비로움을 자아냈다.

여자는 시위대에는 눈길도 주지 않고, 은율이와 할아버지가 있는 곳을 향했다. 직원들이 길을 열었다. 여자가 몇 걸음 더 다가오더니 은율이를 힐끗 보고는 내 쪽으로 다가왔다. 가까이 다가온 여자가 선글라스를 벗었다. 눈동자 빛깔이 다르다! 왼쪽 눈은 초록색인데, 오른쪽 눈은 파란색이었다. 오른쪽 눈에서 파란 섬광이 일었다. 그 여자가 나를 쳐다봤다. 아니 내 시선이 담긴 나비를 봤다. 그 여자 눈이 나뭇가지 사이에 앉아서 자신을 보는 나를 향했다.

"토미리스 양, 뭐 거슬리는 거라도 있으십니까?"

앞서가던 차에서 내린 중년 남자가 빠르게 다가왔다. 선거 때 본 얼굴, 도솔시 시장이었다. 여자는 재빨리 선글라스를 다시 썼다. 옆에 선 남자가 통역했는데, 무슨 뜻인지는 정확히 모르겠지만 아무래도 러시아어 같았다.

"뭐 해! 귀한 손님이 오셨는데, 이것들 내쫓지 않고."

시장이 짜증을 내며 명령을 내렸다. 시장은 토미리스가 은율이와 할아버지 때문에 내린 줄 안 모양이었다. 직원들이 또다시 우르르 몰려들어 은율이와 할아버지를 붙잡았다.

"박 시장, 왜 우리를 만나주지도 않는 거야?"

할아버지가 시장을 보며 소리를 질렀다.

"박 시장이 뭐야, 박 시장이! 나를 언제 봤다고."

박 시장이 짜증을 내자 직원들은 더 거칠게 은율이와 할아버지를 몰아냈다. 백인 여자는 그 소란에 잠시 눈을 돌렸고, 나는 그 틈에 자리를 멀리 옮겼다. 나비가 사라지자 백인 여자는 다시 차에 올랐다. 차가 시청으로 완전히 들어가자 직원들도 같이 시청으로 들어갔다. 멀리 내던져진 은율이와 할아버지는 터덜터덜 정문 앞으로 걸어왔다. 그러나 정문은 경찰이 굳게 막아서 들어갈 수 없었다.

"할아버지, 우리가 뭘 잘못했죠?

은율이가 묻지만 할아버지는 아무런 답을 하지 못했다.

"우리가 무슨 잘못을 해서 이런 쓰레기 취급을 당해야 해요? 은석이가 죽을지도 모르는데, 왜 참고만 살아야 해요?"

할아버지는 또다시 쓸쓸히 하늘을 올려다보았다.

"억울해요. 정말 억울해요."

은율이가 보도블록 위로 무릎을 꿇었다.

주름진 할아버지 눈가에 물방울이 언뜻 비쳤다. 은율이가 서서히 상체를 세우더니 무릎을 꿇은 채 기도하듯 손을 모았다. 꼭 모은 손끝이 아미에 닿았다. 내쉬는 숨결에 붉은빛이 감돌더니 손끝에서 핏물이 떨어졌다.

은율이가 속삭였다.

"모조리 부숴버려."

높은 하늘에 붉은 점이 나타났다. 점이 점점 커지더니 붉은 먼지가 되어 하늘을 덮은 채 땅을 향해 맹렬하게 떨어졌다. 시위대와 경찰이 붉은 먼지에 뒤덮였다. 놀란 사람들이 눈을 감고 코를 막았고, 그 먼지 위로 붉은 나비 떼가 나풀나풀 내려앉았다. 수천 마리나 되는 붉은 나비들이 한 사람 한 사람 머리에 달라붙었다. 나비들이 날갯짓하자 시위대가 눈을 떴다.

눈빛, 모두, 핏빛이다.

시뻘겋게 물든 눈들이 일제히 시청 건물로 향했다. 경찰들에게도 나비들이 달라붙자 그들 눈에서도 핏물이 일렁였다.

"시청으로 쳐들어가자!"

"시장에게 죄를 묻자!"

붉은 무리가 흥분으로 들끓었다. 미친 광풍이 불 듯이 시위대가 요동쳤다. 시위대와 경찰이 한 무리가 되어 폭풍처럼 시청 청사를 향해 몰려갔다.

은율이는 손을 모은 채 느리게 일어나더니 천천히 시위대를 뒤따랐다. 은율이 주변으로 수백 마리나 되는 붉은 나비 떼가 날아다니고, 은율이 손끝이 투명한 핏물처럼 빛났다. 시위대와 경찰이 뒤섞인 군중들이 온갖 것들을 집어 던져 유리창을 깨뜨렸다. 군중들이 현관을 통과해 시청 안으로 밀고 들어가자, 유리창이 깨지며 집기들이 건물 밖으로 떨어졌다. 은율이는 현관에서 조금 떨어진 곳에서 그 모습을 가만히 지켜보고 있었다.

나는 시청 안이 어떻게 되었는지 궁금해서 안으로 들어가고 싶었다. 안으로 들어간다고 생각하자 나비 여러 마리가 나와 함께 움직였다. 다른 나비들과 함께 현관을 지났다. 유리란 유리는 모조리 깨졌고, 온갖 집기와 컴퓨터, 서류들이 박살 나 나뒹굴고 있었다. 시장실은 7층이라 위층으로 올라갔다. 위층도 1층과 별반 다르지 않은 모습이었다. 7층은 성난 군중들로 인산인해였다. 군중은 굳게 닫힌 철제 셔터를 흔들며 욕을 퍼붓고 있었다. 셔터 중간에 작은 구멍이 뚫려 있어서 그곳으로 들어갔다. 철제 셔터 바로 앞은 직원들이 안간힘을 쓰며 지키고 있었다. '시장실'이라고 쓰인 방으로 들어갔다. 박 시장은 전화를 붙잡고 고래고래 소리치고, 김성팔 의원은 소파 뒤에 엎드려 두 손으로 귀를 막은 채 겁쟁이처럼 벌벌 떨었다.

그 반면에 선글라스를 쓴 여자, 토미리스는 소파에 차분히 앉아 있었다. 토미리스는 향을 맡으며 차를 입에 댔다. 마치 찻집에 앉아 한가한 오전을 보내는 듯한 모습이었다. 토미리스 뒤로 경호원 네 명이 서 있는데 여자 둘, 남자 둘이었다. 남자 중 한 명은 정문에서 내렸던 그 사람이었다. 통역관이 안절부절못하며 토미리스에게 뭐라고 열심히 설명했다. 박 시장이 전화를 끊었다.

"포띠시치스디스."

토미리스가 손가락으로 앞에 놓인 서류를 툭툭 쳤다.

"시장님, 여기에 빨리 서명하시랍니다."

통역관이 박 시장에게 토미리스가 한 말을 전했다.

"지금 그게 중요해?"

박 시장은 길길이 날뛰며 고함을 쳤다.

"포띠시치스디스."

토미리스가 다시 서류를 손가락으로 툭툭 쳤다.

"저, 시장님! 빨리하시는 게 낫습니다. 이분 심기를 건드리면 좋지 않습니다."

통역관이 박 시장을 협박조로 다그쳤다.

"너, 지금 나 협박하는 거야?"

박 시장이 통역관 멱살을 잡았다.

그때 토미리스가 왼손으로 선글라스를 벗었다.

이번에는 초록 눈에서 빛이 번쩍였다. 박 시장이 그 눈을 보고 저도 모르게 두어 걸음을 물러났다. 토미리스가 오른손에 든 찻잔을 허공에서 그대로 놓았다. 찻잔은 바닥으로 떨어지지 않고, 허공에 떠 있었다. 박 시장이 경악한 사이 찻잔은 느릿하게 날아서 박 시장 머리 위로 갔다. 박 시장이 찻잔을 올려다보자마자 찻잔이 기울어지며 남은 찻물이 박 시장 머리 위로 쏟아졌다. 박 시장은 겁을 먹고 바닥에 주저앉았다.

"포띠시치스디스."

토미리스가 다시 서류를 손가락으로 두드렸다.

"제기랄!"

박 시장은 욕을 내뱉더니 펜을 잡고 서류에 빠르게 서명했다. 서명한 서류를 챙기던 토미리스 눈에서 다시 섬광이 일었다.

"크라스네야 바브치캬!"

토미리스가 러시아로 말했다.

"카키에?"

통역관이 고개를 갸웃했다.

"붉은 나비다."

토미리스가 말했다. 분명히 한국어다. 오랫동안 한국에서 산 사람처럼 자연스러운 발음이었다.

"붉은 나비라니 그게 무슨……."

토미리스는 설명하지 않고 천천히 일어났다. 분명히 느린 움직임이었는데, 움직인다고 느끼는 순간 이미 내 눈앞으로 하얀 손이 덮쳐오고 있었다. 피하려고 했지만 불가능했다. 얼른 다른 쪽으로 시선을 옮겼다. 내 시선이 머물렀던 나비가 여자 손에서 버둥거렸다. 토미리스가 나비를 쥐고, 나비 눈을 매섭게 노려보았다. 눈이 아프다. 초록색과 파란색이 흉기가 되어 내 눈을 찌른다. 영혼 깊숙이 칼날이 파고든 듯 아프다. 그만, 그만해!

주변에 있던 나비들이 재빨리 도망쳤다. 나도 시장실을 빠져나갔다. 시장실을 벗어나기 전에 마지막으로 토미리스를 보았다. 토미리스 손에 잡힌 나비가 먼지가 되어 사라지고 있었다. 토미리스가 차갑게 나를 봤고, 또다시 눈이 마주쳤다. 사늘한 기운이 영혼 깊은 곳을 위협하는 느낌이었다. 토미리스가 선글라스를 썼다. 긴장이 덜어지며 날개가 조금은 자유로워졌다.

"시청 정문에서 봤던 여자애, 잡아라."

토미리스는 마치 내가 들으라는 듯 한국어로 말했다.

뒤에 있던 경호원 네 명이 명령을 듣자마자 곧바로 시장실에서 나왔다. 철제셔터 옆으로 가서 아직 멀쩡한 유리창을 깨더니, 그대로 유리창 밖으로 몸을 날렸다. 놀라서 얼른 그쪽으로 날아가 보니, 그들은 거미처럼 벽을 타고 1층으로 내려가고 있었다.

'은율이가 위험해!'

경호원들은 바닥에 내려오자마자 바람처럼 내달렸다. 몸놀림이 사람이 아니었다. 축지법이라도 쓰는 듯 순식간에 은율이가 있는 곳까지 갔다. 은율이는 혼자서 시청 현관을 노려보며 기도하는 자세로 서 있고, 머리 위에는 수백 마리 나비들이 회오리를 그리고 있었다. 경호원들은 은율이를 발견하자마자 잡으려고 달려들었다. 경호원이 은율이에게 접근하자 나비들이 경호원을 향해 달려들었다. 경호원들이 품에서 청동검을 꺼냈다. 청동검이 허공을 가를 때마다 나비들은 먼지가 되어 사라졌다. 그런데도 나비들은 끊임없이 경호원들에게 달라붙으려고 시도했다. 수백 마리나 되던 나비가 빠르게 사라지고 있었다.

마침내 은율이 주변에 붉은 먼지만 날릴 뿐 나비는 한 마리도 남지 않았다. 나라도 돕고 싶었지만 방법이 없었다. 은율이가 붙잡힐 위기였다.

네 명이나 되는 경호원이 은율이를 빙 둘러싼 뒤 품에서 청동실을 꺼냈다. 은율이 무릎이 꺾이며 풀썩 주저앉았다. 은율이 손이 바들바들 떨렸다.

'안 돼!'

몸을 날렸다. 그러나 단단한 투명 장벽이 나를 가로막았다. 은율이에게 다가가고 싶어도 그럴 수 없었다.

"그만!"

그때 갑자기 흰빛이 번쩍이더니 나를 가로막던 장벽이 사라졌다. 경호원들이 당황하며 자신들을 향해 달려드는 남자에게 맞섰다.

"히히, 여기도 있어!"

웃음 사이로 차가움이 흐르는 여자가 나타났다. 누구더라. 어디서 봤는데 기억이 나지 않았다. 여자는 왼손에 불가사리처럼 생긴 기괴한 도구를 들고 있었다. 여덟 방향으로 퍼진 돌기에 방울이 하나씩 달려 있고, 돌기 사이가 오목해서 손으로 움켜쥐기 적당해 보였다. 여자가 손을 흔들자 방울소리가 나면서 하얀 연기가 피어올랐다. 하얀 연기가 여자 경호원 둘을 휘감았다. 그들은 하얀 연기를 향해 칼을 휘둘렀지만, 연기는 점점 두터워지며 여자들 몸을 가렸다.

"내가 더 세지?"

차가운 여자가 남자에게 잘난 척을 했다.

"야, 나단아. 잘난 척 그만하고 빨리 구하기나 해."

남자는 자기보다 키가 큰 경호원들에 맞서 싸우면서도 전혀 밀리지 않았다. 그런데 이상했다. 경호원들이 조금 전과 다르게 몸놀림이 훨씬 둔해졌다. 그러고 보니 그들을 둘러싼 투명한 막이 있는 듯했다. 저 막 때문에 힘이 약해진 것일까. 나단아가 바닥에 쓰러진 은율이를 일으켜 세웠다. 그러고는 손목에서 작은 칼을 꺼내 은율이를 묶은 얇은 실을 끊어냈다.

"걸을 수 있지? 업고 가기는 귀찮거든."

은율이는 나단아를 힐끔 보더니 있는 힘껏 밀쳤다. 나단아는 뒤로 벌러덩 넘어졌다가 재빨리 일어났다.

"아, 짜증 나네. 이게 구해줬더니 은혜도 모르고."

은율이 눈동자에 붉은빛이 돌았다.

"이런, 잡아먹히고 있어."

조금 전까지 장난기 넘치던 나단아가 심각해졌다.

"나단우! 빨리 끝내. 잡아먹히고 있어!"

나단아가 고함치자마자 나단우가 엄청난 기세로 주먹과 발을 휘둘렀고, 두 경호원이 바닥으로 쓰러졌다. 나단우가 급히 은율이에게 다가갔다. 은율이 눈동자가 점점 붉어지고, 손끝뿐 아니라 팔까지 선홍빛으로 변해가고 있었다.

"이런, 큰일이네."

나단우가 두 손을 가슴에 모은 뒤 힘껏 앞으로 펼치자 하얀 기운이 은율이를 휘감았다.

"지금이야! 진정시켜."

나단우가 외치자 나단아가 두 팔을 위로 들며 미끄러지듯이 다가가 은율이에게 하얀 종이를 붙였다. 그러자 은율이 눈빛이 점점 가라앉고, 손도 정상으로 돌아오기 시작했다. 은율이가 기운을 잃고 바닥으로 쓰러졌다. 그에 맞추기라도 한 듯 내 눈도 흐릿해졌다.

"얼른 데려가자."

나단우가 바닥에 쓰러진 은율이를 둘러업으려 했다. 바로 그때였다.

"어딜!"

토미리스는 시청 7층에서 그대로 몸을 날려 뛰어내리더니 솜털처럼 부드럽게 내려섰다.

"그 애는 내 거야."

나단우와 나단아 표정이 일그러졌다.

둘을 향해 다가오던 토미리스가 멈칫했다.

"너희도 같은 존재구나."

토미리스가 흐뭇하게 웃었다.

"내가 이럴 줄 알았어."

나단아가 투덜거렸다.

"그래서 내가 준비되지 않은 채 달려들지 말자고 했잖아. 어휴, 내 말을 안 듣더니 또 이런 꼴을 당하지."

아마도 나단우에게 하는 말인 듯했다.

"혹시 당신 이름이 토미리스 프라로코브나 오크호니카인가?"

나단우가 토미리스에게 물었다.

"내 본명을 어떻게 알았지?"

"웬만하면 정체조차 드러내지 않는다는 총가주까지 나서다니 어지간히 급했군."

나단우가 손을 가슴에 모았다.

"내 본명도 알고, 내 지위도 알다니. 너희들 정체가 뭔지 몹시 궁금하군."

토미리스가 손을 뻗었다. 나단우도 가슴에 모았던 손을 뻗었다. 보이지 않는 기운과 하얀 기운이 허공에서 충돌했다. 나단우가 조금씩 뒤로 밀리자 나단아가 빠르게 돌더니 손에 든 방울을 흔들었다. 또다시 하얀 연기가 피어올랐다.

"팔주령을 쓰는 영매라니 갈수록 놀랍군."

입으로는 놀랍다고 하면서도 토미리스는 전혀 당황하지 않았다. 하얀 연기가 토미리스를 휘감았지만, 손을 한 번 휘저으니 연기가 더는 앞으로 나가지 못했다. 나단아가 입을 삐죽 내밀더니 빙그르르 돌며 누런 종이를 꺼내 바닥에 댔다.

"일어나라!"

땅이 꿈틀거리며 사람 형상이 곳곳에 생겼다.

"팔주령도 놀라운데, 대낮에 죽은 영혼을 소환하는 영매라니……, 기대 이상이야."

토미리스는 기쁨을 감추지 않았다.

"감당이나 하면서 지껄여."

나단아 손짓을 따라 흐물거리는 형상들이 토미리스를 공격했다.

"이 정도 능력은 내게 통하지 않아."

토미리스가 다시 손을 휘두르자 형상들은 형체도 없이 사라졌다. 토미리스는 그 기세 그대로 나단아를 붙잡으려고 했다. 나단아가 황급히 뒤로 물러섰지만 토미리스를 다 뿌리치지는 못했다. 아슬아슬한 순간, 나단우가 토미리스를 공격했다. 토미리스가 나단우를 상대하느라 손을 거둬들인 사이 나단아가 멀찌감치 물러났다.

"뭐, 저런 괴물이 다 있어."

나단아가 당황한 기색이 뚜렷했다.

"이 정도 능력이 최선이라면 너희는 내 상대가 안 돼."

토미리스 오른 손목에서 보랏빛으로 빛나는 가느다란 선이 수십 가닥이나 뻗어 나왔다. 보랏빛 선이 도망칠 곳마저 차단하며 나단우와 나단아를 포위했고, 왼 손목에서 뻗어 나온 선들은 바닥에 쓰러진 은율이를 향해서도 뻗어 나갔다.

'안 돼! 은율이는!'

내 바람이 통한 걸까? 허공에서 수천 마리 붉은 나비가 갑자기 나타나더니 토미리스가 휘두른 보랏빛 선에 맞섰다. 나비가 지닌 힘은 토미리스에게는 역부족이지만 워낙 숫자가 많아서 보랏빛 선은 은율이를 붙잡지 못했다.

'은율아, 빨리 피해!'

붉은 나비 수천 마리가 은율이를 감싸더니 천천히 떠올랐다. 나비들은 은율이를 들고 시청 앞 군중들 속으로 들어가 버렸다.

나단우와 나단아는 토미리스가 휘두르는 보랏빛 선에 힘겹게 맞서고 있었다.

"어떻게 좀 해봐."

나단아가 아슬아슬하게 보랏빛 선을 피하며 소리쳤다.

나단우는 자신을 향해 날아오는 선을 튕겨내더니 두 손을 가슴에 모으고 온 힘을 다해 하얀 기운을 쏟아냈다. 그러자 하얀 기운이 돔 형태로 둘러싸면서 나단우와 나단아를 보호했다. 보랏빛 선은 돔을 휘감고 옥죄기 시작했다. 흰빛과 보랏빛이 팽팽하게 맞서며 불꽃이 튀더니, 점점 흰빛이 보랏빛에 눌리며 일그러졌다.

"이제 그만 포기해."

하얀 기운이 산산이 흩어졌다. 보랏빛 선이 나단우와 나단아 몸을 파고들어 거미줄처럼 나단아와 나단아를 휘감아 버렸다.

"이제 끝……."

토미리스가 말을 끝내기도 전에 강렬한 폭음이 들리고, 토미리스 몸이 뒤로 튕겨 나갔다.

동굴에서 울렸던 그 폭음이었다. 나를 죽음으로 몰아넣은 바로 그 폭음, 몸이 떨린다. 두려움과 분노가 뒤엉킨다. 갑자기 병실로 시선이 옮겨지고, 간호사와 의사들이 내 침대로 달려들었다. 가슴에 충격이

가해졌다. 몸이 붕 떴다가 떨어지면서 전기가 심장을 때렸다. 멈췄던 심장이 힘겹게 다시 뛰기 시작했다. 간호사가 손목에 새로운 주삿바늘을 꽂았다.

시선이 다시 시청으로 옮겨졌다. 황금빛으로 빛나는 무수한 꽃잎이 나단우와 나단아 앞을 가로막았다. 꽃잎 사이에서 투명한 손이 뻗어 나가자 거미줄같이 얽힌 선이 힘없이 투두둑 끊어졌다. 나단우와 나단아 입술에 핏물이 번졌다.

"너희들은 빨리 저 아이를 구해."

황금빛이 부드럽게 말했다.

"이럴 거면 자기가 처음부터 하지."

나단아가 투덜거렸다.

"쉽지 않겠어."

나단우가 시청 앞으로 모여드는 군중들을 보며 표정을 일그러뜨렸다.

"나한테 맡겨."

나단아가 다시 누런 종이를 땅에 댔다.

"일어나."

또다시 흐물거리는 형상이 이곳저곳에서 일어났다.

"저 아이에게 가는 길을 열어."

나단아가 지시하자 형상들이 안개처럼 은율이를 향해 움직였다. 나단아와 나단우는 그 뒤를 바짝 따라갔다.

토미리스는 한 눈으로는 나단우와 나단아를 쫓고, 한 눈으로는 황금빛을 주시했다.

"영광입니다."

토미리스가 황금빛을 보며 웃었다.

"마음에 없는 소리."

"마음에 없다니요. 오랫동안 저희 일족은 당신을 그리워했습니다."

"내가 아니라 그자겠지."

"순진한 척하시는 겁니까? 아니면 모르는 척하시는 겁니까?"

"얼마 전에 네가 보낸 부하들 덕분에 내가 심하게 고생했어."

"그건 저희가 착각했지요. 당신인 줄 알았으면 그리하지는 않았을 겁니다."

"그때 일을 떠올리면 혼내주고 싶지만, 상황이 상황인 만큼 오늘은 그만 가면 좋겠구나."

"저를 쉽게 꺾을 수 있다고 생각하십니까? 아직 힘을 다 회복하지 못하셨을 텐데."

"한낱 미물 따위가 요망한 술법으로 얻은 힘을 믿고 내게 맞서려고 하다니……."

"요망한 술법인지, 아니면 제대로 된 힘인지는 한 번 겪어보시지요."

토미리스 두 팔에서 또다시 보랏빛 선이 수십 가닥 쏟아져 나오더니 똬리처럼 얽히면서 뾰족한 검이 되었다.

"네가 〈이라두의 발톱〉을 믿고 그리 오만하구나."

"제가 믿는 건 〈이라두의 발톱〉만은 아니랍니다."

토미리스는 황금빛을 향해 보랏빛 검을 겨누었다.

"내가 어쩌다 한낱 미물한테 조롱당하는 신세가 됐는지……."

"긴 세월이 지났으니까요."

보랏빛 검에서 빛이 났다.

"휴, 정 그렇다면. 싸우기 전에 먼저 하늘을 봐라."

"그런 속임수에는 안 당합니다."

"속임수가 아니야. 정말이다. 지금 남쪽 하늘을 봐라."

토미리스는 황금빛을 경계하면서 남쪽 하늘을 힐끗 곁눈질했다. 그러고는 깜짝 놀라더니 황금빛과 하늘을 번갈아 보았다.

"이게 어찌 된 일이죠?"

그제야 나도 남쪽 하늘을 보았다.

붉은 먼지가 태양빛을 빨아들이고, 수백만 아니 수천만 마리 나비 떼가 하늘을 선홍빛으로 채우고 있었다.

"그 아이 가슴에 쌓인 분노가, 태초에 이 세상을 붉게 물들였던 불만큼 강해."

토미리스가 시청 앞으로 몰려드는 군중을 봤다. 군중은 그 순간에도 시시각각 불어나고 있었다.

"끄으응."

칼을 형성한 가는 실들이 풀리며 토미리스 소매로 사라졌다.

"방법이 있으십니까? 아직 그 정도 힘은 없으실 텐데……."

"설령 내가 옛날 힘을 되찾아도 이건 못 막아."

"겸손하시군요. 아무리 그래봤자 저 아이는 그저 당신에게 속한 힘을 나눠 가졌을 뿐인데……."

토미리스가 당황하며 입술을 일그러뜨렸다.

"이럴 수가! 정말 방법이 없는 건가요?"

토미리스가 근심스럽게 붉은 하늘을 쳐다보았다. 하늘은 제 빛깔을 잃고 핏물을 뚝뚝 흘렸다.

"딱 하나 있지."

"그게 뭐죠?"

"너도 느끼고 있잖아."

토미리스가 고개를 휙 돌리더니 또다시 나를 봤다.

"그렇군요. 그렇지만 가능하겠습니까?"

"깨어나게 해야지."

"저 눈은 이미 죽은 목숨입니다. 억지로 힘에 기대어 생명을 지탱하고 있습니다. 이대로 죽으면……."

"세상은 파멸이지."

황금빛이 흔들리더니 사람 형상이 나타났다.

"방법이 없습니까?

"나에겐 아주 특별한 친구가 있어."

"설마……?"

황금빛 안에서 잘생긴 남자가 씁쓸하게 웃었다.

"며칠 전에 일어난 일을 보고받고 혹시나 했는데 「누」라니 재미있군요. 「누」라면 만만치 않을 텐데요."

"그건 내가 알아서 해."

"좋습니다. 일단 저는 물러나겠습니다. 그렇지만 신분을 드러내면서까지 왔는데, 아무런 소득 없이 물러나면 저도 일족에게 체면이 서지 않지요."

"그래서?"

"나중에 딱 한 번, 저희가 하는 일에 간섭하지 말아 주십시오."

"내가 하려는 일과 충돌하는 요구라면 들어줄 수 없어."

"그야 당연하지요."

"그렇다면 그 제안은 승낙하지."

"거래는 이루어졌습니다. 그럼 저는 이만 물러나겠습니다."

토미리스는 바닥에 쓰러진 자기 부하들을 깨우더니 곧바로 그곳을 빠져나갔다.

황금빛 남자가 느리게 나를 향해 다가왔다.

"내 이름은 황련."

피하고 싶은데 피할 수가 없었다.

"부탁할게. 더는 네 친구를 힘들게 하지 마."

가슴이 파르르 떨렸다.

"저길 봐."

손끝을 따라갔다.

시청 앞 넓은 공터에 엄청난 사람들이 모여 있었다. 모두 광기에 사로잡힌 채 분노를 토해냈다. 은율이가 그 한복판에서 기도하는 자세로 서 있었다. 나단우와 나단아도 군중들에게 막혀 다가가지 못했다. 멀리, 저 멀리 할아버지가 보였다. 할아버지는 은율이에게 가려 하지만 군중들 때문에 점점 밖으로 밀려나기만 했다.

"네 친구를 위하고 싶은 마음은 알아."

'나는 은율이를 지킬 거야.'

"이건 은율이를 지키는 길이 아니야."

'은율이는 모든 걸 빼앗겼어.'

심장에서 쥐어짜는 듯한 고통이 퍼졌다. 심장이 멈출 것만 같았다.

'어릴 때는 부모님을 잃었고, 좋아하는 연극도 못 하게 됐고, 은율이 전부인 은율산도 이제 곧 사라질 거야.'

"그렇겠지."

'이 세상을 그대로 둘 수 없어. 이 시궁창을 깨끗이 치워버릴 거야.'

"나도 시궁창을 치워야 한다는 생각에는 동의해. 그렇지만 이 방법은 아니야. 무엇보다 이대로 밀어붙이면 은율이는 자신이 가장 소중하게 여기는 걸 잃게 돼."

'은율이는 더는 잃을 게 없어.'

"아니, 있어. 은율이에게 이 세상 전부보다 소중한 게 있어."

'은율이는 다 빼앗겼어! 이 시궁창 같은 세상에, 사악하고 잔인한

어른들에게 모조리……'

"아니야, 하나 남았어."

'그게 뭔데?'

"하나가 아니지. 사실은 전부야."

'그게 뭐냐고?'

황련이 손가락으로 정면을 가리켰다.

'뭐 하는 거야?'

황련이 손가락 끝에 힘을 주었다. 손가락 끝에서 은은한 꽃향기가
나며 붉은 꽃잎이 하나 피어났다. 꽃잎은 바람에 실려 나에게 다가왔다.

"아직도 모르겠니?"

가슴이, 뜨거워졌다.

나는 그 답을 안다.

나는 그 답을 안다.

'나는 달이고, 너는 해야. 우리는 영원히 같이 있을 거야.'

"이제 그만해. 네 힘을 거둬들여."

침대에 누워 있는 내가 보인다. 나도 깨어나고 싶다. 나도 일어나
고 싶다. 은율이에게 내가 죽지 않았다고 알리고 싶다. 그런데 몸이 안

움직여! 내 생명은 꺼져가고 있단 말이야. 나를 살려줘. 나는 죽기 싫어! 은율이가 모든 걸 잃는다면, 너희도 모두 잃어야 해. 은율이만 잃을 수는 없단 말이야! 왜 우리만 당해야 하는데? 왜 우리만 억울하게 빼앗겨야 하는데? 왜? 왜? 왜?

"유리야, 부탁할게. 이게 너한테 얼마나 위험한지 알지만 이젠 어쩔 수 없어."

할머니가 운다. 설아도 운다.

몸이 굳어간다. 심장이 힘을 잃어간다. 아마 이대로 멈추면, 나는 영원한 잠에 빠져들겠지? 은율아, 안녕! 이제는 안녕! 그렇지만 괜찮을 거야. 이제는 너만 빼앗기지는 않을 테니까. 모두가 다 빼앗길 거야. 모두 같은 신세가 돼보라지.

향긋한 내음이 났다. 나풀거리는 머리카락이 느껴지고 두 사람이 들어왔다. 둘 다 여자다. 둘이 병실로 들어왔다. 본 적 있는 얼굴이었다. 지난 일요일에 시위할 때 내게 친절하게 대해준 여자, 죽어가는 내게 왜 왔지? 이 여자 이름이 유리인가? 같이 온 여자는 도대체 누구지? 이 여자가 유리인가?

여자가 내 손을 잡았다. 촉각이 느껴지지 않았다. 이마에서 빛이 느껴졌다. 저 빛을 분명히 봤었는데 언제 봤는지는 모르겠다. 같이 온 여자가 소매를 걷었다. 손목에 이상한 팔찌가 있다. 머뭇거리지 않고 팔찌를 풀었다. 사악한 웃음이 귓가에 파고들자 머리가 아득해지며 모든 감각이 사라졌다.

뚝! 끊겼다.

결국, 나는 죽는 걸까?

11
붉은 모래바람

붉은 모래바람이 천지를 뒤덮는 꿈을 꾸었다. 시청을 가득 메웠던 군중은 모래바람에 쫓겨 집으로 돌아갔다. 시청을 파괴했던 시위대와 경찰도 재빨리 자기 자리로 돌아갔다. 뉴스에서는 지구온난화로 인한 기상 이변이라며 하루 내내 크게 보도했고, 군중이 시청을 공격한 사건은 정신을 이상하게 만드는 물질이 누출되어 벌어진 사건으로 결론이 났다. 한밤중까지 도시를 뒤덮었던 붉은 모래바람은 다음 날 아침이 오면서 점점 약해졌고, 해가 떠오르자 천천히 푸른 하늘빛이 되돌아왔다.

따스한 햇살과 함께 손에서 익숙한 체온이 느껴졌다.

그리고,

나는 눈을 떴다.

빨갛게 젖은 은율이 눈망울이 나를 반겼다.

12
황금빛 희망

깨어나자마자 몸은 빠르게 회복되었다. 의사 선생님도 놀랄 만한 회복 속도였다. 설아와 은율이가 번갈아 가며 내 옆을 지켰다. 목요일에는 조류협회 이지호 사무국장이 찾아왔다. 사무국장은 이미 은율산에 다녀온 뒤였다. 사무국장은 내가 만든 자료집을 극찬하면서 나를 천재라고 추켜세웠다. 나는 그런 칭찬에 마냥 기뻐할 만큼 철없는 아이가 아니었다.

"혹시 동굴에는 가보셨어요?"

내 관심사는 붉은박쥐뿐이었다.

"은율 학생과 어제 같이 가봤는데, 실망시켜서 미안하지만 동굴이 완전히 파괴됐어. 은율 학생이 안내해 줘서 산 곳곳에 있는 동굴도 뒤

져봤는데 붉은박쥐가 산 흔적은 발견하지 못했고.”

“그럼, 이제 관광단지 개발은 못 막는 건가요?”

붉은 나비 한 마리가 병실을 날아다녔다. 내 실망감이 만들어낸 나비였다. 나는 얼른 마음을 진정시켰다. 또다시 그런 대혼란을 일으키고 싶지는 않았다. 나비 날갯짓이 잦아들더니 뿌연 연기를 남기고 사라졌다.

“안타깝지만 조건부로 허가가 날 거야.”

“조건을 아무리 달아봐야 업자들이 제대로 안 지키잖아요.”

“꼭 그렇지는 않아. 요즘은 환경부가 예전과 달라서 깐깐하게 심사하고 관리해.”

“그래봤자 관광단지는 들어서잖아요.”

애써 눌렀는데도 붉은 나비 두 마리가 병실에 나타나 침상 끝에 내려앉았다. 마음을 진정시키려고 해봐도 나비는 사라지지 않았다.

“미안하구나. 도움이 못 돼서.”

“…….”

괜찮다고 말해야 하는데 이상하게도 입이 떨어지지 않았다.

“수달 두 마리를 죽인 폭력배는 우리가 환경부에 고발했어. 곧 경찰이 수사에 들어갈 거야.”

“아롱이와 다롱이는 보셨나요?”

“안 그래도 은율 학생과 열심히 찾아봤지만 흔적조차 없었어. 엄마와 아빠가 그리되는 걸 직접 봤으니 아마 멀리 떠났을 거야.”

슬픔이 차올랐다. 나비가 네 마리로 늘었다. 위험한 신호였다.

"죄송한데 면회는 그만할게요."

"내 정신 좀 봐. 아픈데 힘들게 했구나."

이지호 사무국장이 자리에서 일어났다.

"참, 학교에는 우리가 의견서를 제출했어. 나중에 징계위원회가 개최되면 증인으로 참석할 용의도 있으니까 필요하면 나한테 연락해."

징계위원회 얘기를 듣자 나비가 여섯 마리로 늘었다. 마음이 자꾸 흔들렸다. 내 의지로 내 마음이 제어되지 않았다.

"감사합니다. 저는 이만 쉴게요."

이지호 사무국장이 나가고 나는 심호흡을 거듭하면서 감정을 가라앉히려고 애썼다. 그러나 아롱이와 다롱이를 떠올릴 때마다 슬픔이 차오르고, 교장 선생님과 김성팔 의원을 생각할 때마다 분노가 치밀었다. 나는 원래 이런 사람이 아닌데 자꾸 왜 이러는지 모르겠다. 수십 마리로 불어난 붉은 나비가 병실 안을 날아다녔다.

깨어난 지 일주일 만에 퇴원해도 될 만큼 몸이 좋아졌다. 은율이와 함께 퇴원 준비를 하는데, 설아가 꽃과 케이크를 사 와서 축하해 주었다. 그동안 설아와 은율이는 꽤 가까워졌는지 신나게 수다를 떨어댔다. 모처럼 걱정과 근심을 깨끗이 내려놓고 기쁨을 만끽했다. 신나게 웃고 나니 이지호 사무국장이 다녀간 뒤에 늘 병실에 머물던 나비들이 자취를 감추었다.

한참 즐겁게 노는데 간호사인 설아 이모가 손님이 찾아왔다고 알려주었다.

"누구죠?"

"네가 깨어나게 도와준 사람."

"그분들은 어디 계시죠?"

반가움에 목소리가 커졌다.

"휴게실에서 기다리고 있어."

"미안, 잠깐 다녀올게."

나는 잰걸음으로 휴게실을 향했다. 설레서 뛰는 맥박을 애써 진정시켰다.

"반가워."

예상대로 그 여자였다.

"나는 고은별이라고 해. 너보다 세 살 많으니까 누나라고 불러도 돼."

"저는 허은석이에요. 지금 중학교 1학년이고."

"네가 살아나서 정말 기뻐. 모두 걱정했어."

"모두라면 다른 분들은……."

휴게실 좌석을 나누기 위해 세워놓은 칸막이에 눈길이 갔다.

"이제 소개할게."

휴게실 칸막이 뒤에 앉아 있던 사람들이 일제히 일어섰다. 나비 눈을 통해 이미 본 세 명이었다.

"참 잘생겼단 말이야. 황련이 판타지라면 너는 현실 미남이네."

나단아가 스르륵 다가오더니 내 둘레를 한 바퀴 돌았다.

"야, 나단아. 예의 좀 지켜라."

나단우가 손을 내밀었다.

"내 이름은 나단우, 은별이와 동갑이야."

나단우 손목에도 이상한 팔찌가 있었다. 나단우는 내가 팔찌를 눈여겨본다는 것을 알아챘다.

"우리는 전부 이 팔찌를 차고 있어."

다들 손목을 보여줬다. 똑같은 팔찌였다. 그러나 내가 나비 눈으로 본 팔찌와는 문양이 달랐다.

"제가 본 팔찌랑은 조금 다르네요."

"그 팔찌는 이거야."

나단우 뒤에 있던 여자가 오른 손목을 보여줬다.

"이건 수호환, 다른 친구들이 차고 있는 건 은둔환이야. 나는 심유리라고 해. 단우, 단아와 같은 학교에 다녀. 내가 수호환을 차고 있는 까닭은 내 안에 조금 위험한 녀석이 있어서야."

'크크크, 위험하다니 섭섭한데.'

어디서 들리는지 종잡을 수 없는 목소리였다. 꿈결에 들리는 목소리 같기도 했다.

"조금 위험한 거래를 했어. 그 바람에 이렇게 아무 때나 삐져나와서 골치가 아파."

심유리가 눈을 찡그렸다.

"일단 이거부터 차."

나단우가 팔찌를 내밀었다.

이들 말대로라면 그 팔찌는 은둔환이었다.

"줘. 내가 채워줄게."

나단아가 팔찌를 낚아채더니 미끄러지듯이 다가와서 내 왼 손목을 잡았다.

"어쩜, 피부도 이렇게 하얄까?"

나단아는 내 손목에 은둔환을 채웠다. 고리를 딱 누르자마자 팔찌는 내 팔목에 맞춰 밀착했다.

"토미리스 같은 존재로부터 나를 지켜주는 팔찌인가 보네요."

"바로 알아버리네. 내가 그랬지? 얘는 천재라니까."

나단아가 나를 몇 바퀴 돌았다. 발이 신기하게 움직였다. 치렁치렁한 치마 사이로 언뜻언뜻 드러나는 발걸음은 마치 얼음 위를 미끄러지는 듯 마찰력이 전혀 느껴지지 않았다.

"단아야, 정신없어."

나단우가 구박했다. 둘 사이에 오가는 대화나 하는 모양을 보니 아무래도 이란성쌍둥이 남매 같았다.

"저를 만나러 온 사람은 네 분이 전부인가요?"

"한 명 더 있어."

나는 은발을 휘날리며 토미리스와 싸우던 황련을 떠올렸다. 그런데 나타난 이는 내 예상을 벗어났다. 휴게실 의자 옆에 있는 정수기에서 갑자기 물이 흘러내렸다. 정수기에서 쏟아지는 물이라고는 믿기지 않을 만큼 많은 양이었다. 물이 발에 닿을 정도로 흥건해져서 피하려는데, 바닥에 고인 물이 회오리를 일으키며 떠올랐다. 허공으로 떠오른 물은 사람 형상으로 바뀌었다. 내 눈으로 직접 보고도 믿기지 않은 일이었다. 사람 형상을 한 물은 점점 진해지더니 진짜 사람이 나타났다.

"내 이름은 정연화, 현재는 실종 신고가 된 가출 청소년이야."

이 목소리를 들은 기억이 있다. 쇼핑센터 앞에서 수도관이 터지며 물회오리가 몰아쳤을 때 노래를 부르던 바로 그 목소리였다.

"언니 오빠들보다는 한 살 아래야."

정연화가 손을 내밀었다. 무심결에 손을 잡았는데 갑자기 붙잡은 손이 액체처럼 투명하게 변했다. 기겁하며 뒤로 물러났다. 액체로 변했던 오른손이 다시 원래대로 돌아와 있었다.

"장난 좀 쳤어."

정연화가 빙그레 웃더니 빈 의자에 앉았다.

"저기, 황련이라는 분은 안 오셨나요?"

내가 묻자 모든 시선이 일제히 고은별을 향했다.

"그게, 우리가 모두 함께 너를 만나러 온 이유야."

고은별이 따뜻하게 웃었다. 다들 조금은 냉랭한 기운을 풍겼지만, 고은별만은 처음부터 끝까지 따뜻하고 부드러웠다. 눈빛만 봐도 마음이 진정되고 차분해졌다.

"한 사람을 찾아내서 구해야 하는데, 우리만으로는 힘이 모자라. 황련이 나서면 금방 되겠지만 황련은 중대한 일을 준비하느라 움직일 수 없거든."

토미리스와 황련이 나누던 대화가 떠올랐다. 대화에 따르면 황련은 굉장히 오래된 존재다. 어떤 존재인지는 모르겠지만 과거에 놀라운 힘을 지녔던 것만은 분명했다.

"그래서 네 도움이 필요해."

"혹시, 저와 비슷한 상황인가요?"

"비슷하기도 하고, 아니기도 해."

돕고 싶지만 나는 그럴 만한 처지가 아니었다.

"저는 내일 퇴원하면 동네로 가서 할아버지와 할머니를 돌봐야 해요. 요즘 두 분이 저 때문에 건강이 안 좋아지셨거든요. 관광단지 개발을 막기 위한 노력도 계속해야 하고요. 솔직히 말해서 저는 제 능력이 뭔지도 모르겠고, 제 의지로 제어도 안 돼요."

"뭐야? 나는 목숨까지 걸었는데……."

심유리가 버럭 짜증을 냈다. 미안함에 고개를 푹 숙였다.

"유리야, 저 아이 처지도 이해해 줘."

"아무리 그래도 그렇지. 나는 목숨 걸고 살려줬더니 자기 생각만 하잖아."

솔직히 입이 열 개라도 할 말이 없었다.

"관광단지 개발을 막기만 한다면 우릴 도울 수는 있는 거니?"

고은별이 물었다.

고개를 들어 고은별을 쳐다봤다. 따스한 빛이 느껴지고, 마음이 차분히 가라앉았다. 믿을 만한 사람이었다. 어쩌면 은율이만큼.

"물론이죠."

"자신이 간절히 원하는 것을 이룰 열쇠는 대부분 아주 가까운 데 있어."

"있었지만 사라져 버린걸요."

"아닐 거야."

고은별이 살며시 웃었다.

"너도 알겠지만 네 단짝은 신기한 재능이 있어."

"은율이가 싸움은 잘해요. 튼튼하고 힘도 세고."

나는 은율이가 동물과 교감하는 능력이 있다는 사실을 드러내서 좋을 게 없다고 생각했다. 그래서 일부러 엉뚱한 말을 했다.

"넌 지금 거짓말하고 있구나."

고은별이 눈을 찡그렸다.

"저는 사실대로 말했어요."

최대한 진실처럼 보이려고 애썼다.

"나는 네 거짓말이 보여."

말속에 서늘한 칼이 숨어 있었다.

"감추고 싶은 마음은 이해해."

고은별이 쓴웃음을 지었다. 그러고는 다시 따스한 표정으로 되돌아왔다. 아픈 사연이 느껴지는 변화였다.

"나는 은율이가 지닌 능력을 봤어. 어린 시절 누구나 조금씩은 지니고 태어나는 능력인데, 은율이는 자연 속에 살면서 그 능력을 믿을 수 없는 수준까지 키웠어."

고은별은 은율이 능력을 직접 본 것처럼 말했다.

"은율이가 지닌 능력을 믿어봐."

고은별이 일어섰다.

"우리는 그만 가자."

다들 따라서 일어났다.

"우리 중 한 명이 며칠 내로 다시 널 찾아갈 거야. 그때는 거절하지 않으면 좋겠네."

고은별이 먼저 나가자 다들 면회실을 빠져나갔다. 마지막에는 정연화만 남았다. 정연화가 나에게 바짝 다가왔다.

"내가 살던 동네는 다른 어떤 곳보다 깨끗했어. 지금은 그 어떤 곳보다 더러워. 네가 사는 산과 물과 마을을 꼭 지켜. 네가 네 고향을 지키기 위해서 은별 언니가 한 부탁을 거절해도 나는 이해해. 그건 절대 포기하면 안 되는 거니까."

같은 경험을 한 사람만 전할 수 있는 공감과 위로였다.

"이건 내 친구 루미 전화번호야. 루미에게 연락하면 곧바로 나한테 전해지니까 혹시 내 도움이 필요하면 연락해."

정연화는 쪽지를 주더니 물이 되어 정수기 속으로 사라졌다.

오후에 퇴원해서 집으로 돌아왔다. 할머니와 할아버지는 무척 기뻐했다.

그다음 날, 은율이와 둘이서 업자들 눈을 피해 은율산에 올랐다. 산으로 올라가는 모든 곳에 감시 카메라를 설치해 놓은 탓에 몰래 산으로 들어가기가 무척 어려웠다. 뿌리샘 근처에는 구기자 열매가 벌써 빨갛게 익어갔다. 구기자를 먹고 뿌리샘을 마셨다. 몸에 쌓인 찌꺼기가 씻겨 내려가는 것 같았다. 우리는 일부러 뿌리샘 뒤편으로는 눈길을 주지 않았다. 볼 때마다 죽은 둥글이와 포실이가 떠올라 괴로웠다. 뿌리샘 앞에 놓인 돌에 앉아 멀리 펼쳐진 풍경을 구경했다. 앞으로 얼마 못 볼 풍경이라고 생각하니 가슴이 미어졌다. 또다시 붉은 나비가 너울거렸다. 그러다 고은별 누나가 한 말이 떠올랐다.

"저기, 은율아!"

"응."

"너, 전에 붉은박쥐를 어떻게 불렀어?"

"뭐라 말로 설명하기는 어려워. 그냥 그 아이들을 떠올리고 정성을 기울이면 통하는 느낌이 들어. 그들과 마음이 하나로 이어진 느낌."

"혹시 지금도 가능할까?"

"이미 몇 번 해봤지만 소용없었어. 그 아이들은 다 떠났어."

"다시 해봐."

"소용없을 거야."

"이번에는 다를지도 모르잖아."

은율이는 어깨를 으쓱하더니 뿌리샘 뒤로 우뚝 솟은 바위에 손을 댔다. 그러고는 눈을 감고 조용히 호흡했다. 나는 바위에 놓인 은율이 손에 내 손을 포갰다. 은율이 손이 미묘하게 흔들렸다. 붉은 나비 한 마리가 내 손등에 앉았다. 은율이 손에서 진동이 강해졌다. 포개진 내 손까지 흔들릴 정도였다. 붉은 나비가 점점 늘더니 수천 마리 나비가 하늘로 날아올랐다. 나비들이 날갯짓할 때마다 은율이 손에서 퍼진 진동이 날갯짓과 함께 멀리멀리 퍼졌다.

"아무래도."

은율이가 눈을 떴다.

"안 되겠어. 응답이 없어."

은율이가 바위에서 손을 뗐다. 나는 은율이 손을 꼭 잡았다가 놓았다.

"괜찮아. 안 되면 어쩔 수 없지."

나비들이 두어 마리만 남고 모두 사라졌다. 은율이가 물끄러미 바위 위를 봤다. 은율이는 둥글이와 포실이를 떠올리고 있었다. 가슴이 아렸다. 둥글이와 포실이는 목숨을 던져 우리를 살렸다. 둥글이와 포실이를 죽인 그자들을 절대 용서하지 않을 것이다. 수백 마리 나비가 피어났다가 사라졌다.

"어? 신호가 와!"

무심코 바위를 만지던 은율이 손이 부르르 떨렸다.

"녀석들이 다시 돌아오고 있어."

은율이는 재빨리 뿌리샘 뒤로 난 길을 올랐다.

"뭐 해? 따라와."

나는 영문도 모르고 은율이를 따라갔다.

은율이는 둥글이와 포실이가 지내던 동굴로 뛰어갔다. 그와 동시에 빨간빛이 나무를 뚫고 날아왔다. 나비가 아니었다. 박쥐들이었다. 붉은박쥐들이 은율이 주변을 휘감더니 동굴 안으로 쏟아져 들어갔다.

가슴이 뛰었다. 붉은박쥐는 '황금박쥐'라고도 부른다. 그 이름처럼 박쥐들이 새롭게 자리한 동굴에서 희망이라는 황금빛이 반짝이는 것 같았다.

황금빛 사이로 하얀 꽃잎이 하늘거리더니 은율이 손끝으로 살포시 내려앉았다.

도움이 필요해

조류협회 이지호 사무국장이 전문가들뿐 아니라 방송국 기자와 환경부 공무원까지 데리고 동네에 나타난 화요일, 때마침 김성팔 의원과 이장, 업체 관계자들이 마을에 모여 있었다. 그들은 별의별 핑계를 대며 조사를 방해하려고 했다. 그러나 방송국 카메라가 촬영하고, 환경부 공무원이 함께한 자리라 조사를 막지는 못했다. 은율이는 붉은박쥐가 새롭게 자리 잡은 동굴로 조사단을 안내했다. 전문가들은 수백 마리나 되는 붉은박쥐를 보며 몹시 흥분했고, 환경부 공무원은 연신 사진을 찍어대고, 방송국 기자는 쉼 없이 카메라를 돌렸다. 조사를 마친 뒤 환경부 공무원은 뿌리샘과 동굴 근처에 접근 금지 팻말을 세웠다. 업자들과 김성팔 의원은 사색이 되어 마을을 떠났다. 그날 저녁 TV에 은율산과 붉은박쥐를 다룬 뉴스가 나왔고, 동네 주민들은 마을 회관에 모두 모여 그 뉴스를 시청했다.

목요일, 둥글이와 포실이를 죽인 놈들이 체포되었다는 소식을 이지호 사무국장에게 들었다. 그들은 야생동물보호법 위반으로 체포되었지만, 조사 도중에 폭탄을 사용해 동굴을 무너뜨리고 나와 은율이를 다치게 한 죄까지 자백했다고 한다. 경찰은 폭력배들과 개발업체 사이에 거래관계가 있는지 조사할 계획이라고 했다.

　　금요일 늦은 오후, 연화 누나가 우리 집 앞마당 개울에서 불쑥 모습을 드러냈다.

　　"네 도움이 필요해."

　　연화 누나가 부탁하자마자 나는 기꺼이 승낙했다.

　　"그리고 가능하면 네 단짝 친구도 같이 가면 좋겠어."

　　"은율이도 같이요?"

　　"그래, 네 친구가 지닌 능력이 필요하대."

　　"왜죠?"

　　"이유는 나도 몰라. 은별 언니가 그렇게 말해서 나는 그냥 전할 뿐이야."

　　그때 개울물을 첨벙거리며 뛰어오는 소리가 들렸다.

　　나는 은율이에게 연화 누나를 간단히 소개했다.

　　"참, 너희한테 줄 선물을 데려왔어."

　　물이 출렁이며 위로 부풀어 올랐다. 물기둥 안에 꿈틀거리는 것이 보였다.

"찾는 게 좀 힘들긴 했지만……."

물이 흩어지며 반가운 아가들이 나타났다.

"아롱아!"

"다롱아!"

아롱이는 내 품에, 다롱이는 은율이 품에 안겼다. 나는 아롱이를 꼭 껴안고 쓰다듬었다. 다롱이는 은율이 어깨를 휘돌았다.

나는 은율이에게 연화 누나가 찾아온 까닭을 전했다.

"제 도움이 필요하면……."

은율이가 다롱이를 내려놓으면서 말했다.

"기꺼이 같이 갈게요."

※ 달빛소녀 이야기는 5권으로 이어집니다.

이 소설 속 은율이는 은율산을 지키기 위해 애쓰다
지금은 별이 된 제 벗을 형상화한 캐릭터입니다.
저와 청담을 나누던 소중한 벗 한기정에게 이 책을 바칩니다.